外国名作家文集·威尔斯卷　王逢振 | 主编

隐身人

THE INVISIBLE MAN

[英] H.G.威尔斯／著
贾敏／译
Herbert George Wells

漓江出版社

图书在版编目（CIP）数据

隐身人 /（英）H.G. 威尔斯 (Herbert George Wells) 著；贾敏译；王逢振
主编．—桂林：漓江出版社，2022.1
ISBN 978-7-5407-9107-0

Ⅰ．①隐… Ⅱ．① H… ②贾… ③王… Ⅲ．①幻想小说－英国－现代
Ⅳ．① I561.45

中国版本图书馆 CIP 数据核字 (2021) 第 104813 号

YINSHEN REN
隐身人
［英］H．G．威尔斯　著
贾敏　译
王逢振　主编

出版人：刘迪才
策划编辑：沈东子 辛丽芳
责任编辑：胡子博
装帧设计：周泽云
责任监印：杨东

漓江出版社有限公司出版发行
广西桂林市南环路 22 号　邮编：541002
发行电话：010-65699511　0773-2583322
传真：010-85891290　0773－2582200
邮购热线：0773-2582200
电子信箱：ljcbs@163.com
微信公众号：lijiangpress
印制：北京中科印刷有限公司
［北京市通州区宋庄工业区 1 号楼 101 号　邮编：101118］
开本：880mm×1230mm　1/32
印张：6　字数：125 千字
版次：2022 年 1 月第 1 版
印次：2022 年 1 月第 1 次印刷
书号：ISBN 978-7-5407-9107-0
定价：36.00 元

[英]H.G. 威尔斯
(Herbert George Wells, 1866—1946)

目 录

前言：难忘的威尔斯

西方科幻小说具有漫长而丰富多彩的历史，其根源可以上溯到古希腊古罗马的一些推测性著作。但是，作为现代的一个文类，它大体上始于18世纪后期同时出现的两次革命：法国革命和工业革命。这些革命的后果之一是复活并改变了乌托邦传统，从空间性转向了时间性，从对地球上某种想象的理想社会的描写转向了对更好的社会模式的思考，并期望通过政治变革在自己所处的社会里实现。科幻小说就是产生于这样一个时刻。它以想象的小说形式，思考社会的变革，思考它的未来，以及科学技术对这种变革可能发生的作用。威尔斯的科幻小说正好体现了这一时代性的变化。

H．G．威尔斯（Herbert George Wells, 1866—1946）是英国著名科幻作家，有人把他和法国作家儒勒·凡尔纳称为科幻小说之父。威尔斯出身贫寒，父亲早年做过园林工人，后来开一家小店，很快破产，母亲不得不到别人家去做用人和管家。为了把自己的家庭提高到中产阶层，她便让威尔斯像他的哥哥那样到布店当学徒。1883年，威尔斯到米德赫斯特一个小学当老师。后来，他获得伦敦师范学校的奖学金，师承T. H.赫胥黎学习生物学。赫胥黎是达尔文进化论和科学人文主义的鼓吹者，对威尔斯产生了重大影响。此后他接着教书，通过自学获得了学位，并在为大学函授学院工作时写了两本教科书（1893年发表）。他热衷于科学报刊，1891年发表了他的第一篇文章《独特性的重新发现》。1893年，他开始经常写一些文章和短篇故事。

他早期最重要的文章是《百万年的人》（*The Man of the Year Million*, 1893）。在这篇文章里，他大胆描绘了自然科学最终会使人改变的情形：人变成了一种怪异的生命，头和眼睛巨大，身体变小，手非常纤巧，永远沉浸在营养液里，并且在太阳变冷之后，被迫退居到地球表面之下。其他早期的文章有《飞人的出现》、《到太阳旅行》（关于太阳系风暴和电磁浪潮的宇宙观）、《可能出现的活东西》（谈到了以硅为基础的生命的可能）和《人的消失》等。这些颇有想象力的作品后来收入《H．G．威尔斯早期科学和科幻作品选》。他早期的故事并无太多的冒险，大多描写人与奇异生命形式的相遇，如《偷窃的杆菌》（*The Stolen Bacillus*）和《奇怪的兰花开放》（*The Flowering of the Strange Orchid*）等。

《顽固的亚尔古英雄》（*The Chronic Argonauts*）是他1888年为《科学流派》杂志写的系列文章，后来他的重要作品《时间机器》（*The Time Machine*）就是以这些文章为基础写成的。《时间机器》勾勒了未来地球生命的进化：人类再分为柔弱的埃洛伊人和野兽似的莫洛克人；两种人最终都消失了，而随着太阳变冷所有已知的生命也都衰败。正如所有经典作品一样，人们永远可以从中解读出新的意义。有人认为《时间机器》反映了当时英国资产阶级的腐朽生活和工人阶级被迫在地下劳动生活的悲惨状况，也有人认为它反映了达尔文的进化理论，还有人认为它表现了追求公正、消除社会偏见和虚伪的愿望，今天更有人把它与生态问题联系起来。无论如何，有一点是肯定的：威尔斯的科幻小说主要关注的是社会问题。这大概也是他的作品被称作社会科幻小说的主要原因。

《摩罗博士岛》以纪实的方式讲述故事。普伦迪克在一场海难中大难不死，登上了一个无名岛。这个岛由摩罗博士控制，整个岛笼罩着一种神秘的氛围。摩罗博士利用尖端的活体解剖技术，从动物中创造像人一样的物种：鬣狗猪人、豹人、半人半兽的猩猩、猪女人、狗人……后来摩罗博士在追逐美洲狮人时死于非命，失去控制的兽人又恢复了原来的兽性。人们一般认为这部小说是一个精巧的恐怖故事，其实它包含更多、更深刻的东西。摩罗博士的实验与小说的哲学框架相互关联，作者在兽人的兽性和人性之间保持着微妙的平衡：在它们最具有人性时，它们又显示出兽性；在它们最具有兽性时，它们又显示出人性。《摩罗博士岛》表明，威尔斯试图综合进化论和宗教观念，展现一种新世纪的新神话：过去野兽本能地适应环境，自由自在地生活；如今它们挣扎在人类的枷锁之中，充满恐惧，永无宁日，受尽无法理解的法则的折磨。这显然象征着现代的资本主义社会。

《隐身人》（*The Invisible Man: A Grotesque Romance*）是威尔斯的又一部经典之作。如英文副标题所表明的，它是一部奇异的罗曼司。隐身人狂热地追求科学发明，但因为贫穷，便去偷去抢，甚至造成他父亲自杀；为了获取权力，他借用隐身术杀人；为了复仇，他丧失了生命。在某种意义上，这是一本关于科学的傲慢带来毁灭的作品。因此，它的基本主题是科学在社会中的作用问题。威尔斯在赞叹科学力量的同时，表明了科学的发展不一定促进社会进步，对科学的利用——造福人类还是危害人类——实质上是一个政治问题。今天，学界非常关注的现代性问题，同样也涉及科学发展和社会发展的关系问题。

威尔斯关于社会问题的描写，更突出地体现在他的《星球大战》之中。奇形怪状的火星人侵犯地球，他们凭借一种巨大的机器，横行无阻，用热光、毒气和火箭杀害所有的人。村庄和城镇被毁灭，伦敦也难逃厄运。他们靠吸食其他动物和人的鲜血为生，不知疲劳困倦，而且无性别之分。火星人征服了人类，成为世界的主人，迫使人类像动物一样生存。但是，由于他们缺乏对病菌的免疫力，最终一下子全死了；而人类因为能够适应地球的环境，继续生存下来。《星球大战》无疑受到进化论和科学人文主义的影响。如果从今天文化研究的角度解读，也可以说它反映了帝国主义和殖民地的关系。火星人象征殖民主义者，他们依靠坚船利炮在非洲和亚洲横行霸道，但最终被驱逐出境。其实，就在小说出版之际，英帝国就为掠夺资源在南非发动了侵略战争。小说把背景设在伦敦，显然具有反讽的意味。小说于 1938 年被美国改编成广播剧，一时间大为流行；1953 年被改编成电影（背景改为洛杉矶），被誉为乔治·帕尔拍摄的最成功的影片；1988—1990 年又被改编成电视连续剧，同样赢得了大量观众。

在《探月之旅》(《最先登上月球的人》) 里，威尔斯的想象力再次凌空翱翔。小说描写科学家加富尔研制成一种能阻挡万有引力的物质，并用它制造出一只飞行球，与朋友贝德福一同前往月球探险。登月后，两人遭遇月球人的追捕，贝德福逃回地球；加富尔不幸被捕，囚禁在月球的地下世界。后来，加富尔向地球发回信息，描绘月球人的身体构造和社会结构。月球人根据各自担任的社会职责，用生物药剂刺激某部分器官畸形发展，如数学家的脑袋硕大无朋但四肢萎缩，警察肌肉发达，邮差腿脚细长，等等。这些奇形怪状的月球人，影射从事各种职业的现代人，抨击资本主义社会劳动分工造成人类的异化。小说惊心动魄的追击场面，严密的逻辑推理，以及瑰丽多姿的月球风光，吸引了大量读者。

《时空传奇》由五个妙趣横生的故事组成。在这些故事里，威尔斯以科幻小说为媒介，试图探索人性的永恒真理。故事发生在史前期的过去，经历了几个世纪的未来。威尔斯以其对维多利亚时期特有的敏感，描绘了关于未来寓意深刻的画面，常常精致入微，甚至在省略的地方也包含某些事件终将出现的意味，令人不得不驰骋自己的想象参与其中。因此有人说，这本书是读者特别是科幻迷必读的作品。

总起来看，威尔斯是一位极富想象力的作家，而且他的想象力以生物和历史可能性为基础，把异想天开的事件提升到艺术领域。因此人们认为，他的最好的作品是科幻小说应该追求的典范。虽然他渴望成为主流著名作家的欲望使他大胆的想象力一度受到约束，但他仍然被认为是英国科幻小说之父，是科幻界的天才。已故世界科幻协会主席布莱恩·奥尔迪斯曾说："他是科幻界的莎士比亚。"确实，他对后来的科幻小说，尤其美国科幻小说的发展，产生了重大影响。

这里选译的几部作品，在国外均可以称之为长篇小说，就字数而言，或许在中国有些要算较长的中篇，但无论如何，它们是威尔斯科幻作品中的佼佼者，体现了威尔斯作品的主要特点。今天，随着科技的发展，科幻小说正在我国兴起，相信威尔斯的这些经典作品会为我国科幻小说的创作和发展提供有益的借鉴。

科幻小说是充满想象和幻想的作品，因此阅读科幻小说不能采用常规的方法，而应该充分调动自己的想象力，驰骋自己的奇思幻想，唯有如此，才能体会其中的妙趣。

小说的出版得益于沈东子和辛丽芳的帮助，这里谨向他们和责任编辑胡子博致以衷心的感谢。

当然，像任何选集一样，仁者见仁，智者见智，很难摆脱编选者的主观性甚至偏见。我们真诚期待广大读者和方家的批评指正，同时也期待对小说的翻译提出宝贵意见。

王逢振

2020 年仲秋

第一章　陌生人的到来

二月初的一个寒冷的冬天，一个陌生人，冒着刺骨的寒风和漫天大雪——那是一年的最后一场大雪，越过开阔的高地，从布兰伯赫斯特火车站走了出来。他浑身上下裹得严严实实，一顶软毡帽的帽檐几乎遮住了他的整张脸，只露了冻得发红的鼻尖在外面。戴着厚手套的手费力地提着一只黑色小皮箱，他的肩上和胸前满都是积雪。他那沉重的箱子上镶着一道白边，摇摇晃晃地走进车马客栈，冻得半死不活的他，把皮箱一扔，叫道："快生个火！听着，给我开个有火炉的房间！"他在酒吧间里跺了跺脚，抖了抖身上的雪，就跟着霍尔太太走进客厅去问价钱了。然后他把两枚金币往桌上一扔，便在客栈里住了下来，给人的感觉他出手非常阔绰。

霍尔太太生着了火，就把他一个人留在房间里，亲自给他做饭去了。在这么冷的天里居然还会有客人在伊宾村住宿，真是一件闻所未闻的大好事啊，何况这位客人又不是一个爱讨价还价的人呢。她打定主意要显示自己交此好运而受之无愧。不一会儿，厨房里飘来咸肉的香味，当咸肉已经下锅，那手脚缓慢的女仆米丽被她巧妙地表扬了几句而稍微勤快起来。就在霍尔太太把桌布、盘子和酒杯拿到客厅的时候，她却惊奇地发现，虽然此时炉火很旺，屋子开始变得暖烘烘的，客人却像刚进门时那样，戴着帽子，穿着外套，背朝着她站着，凝视着窗外庭院里的落雪。那双戴着手套的手背在身后，他似乎陷入沉思冥想之中。她注意到他肩上融化的残雪落在她的地毯上。“先生，要不要把你的帽子和外套拿到厨房去烤干？”她说。

“不必了。”他没转身，不带任何表情地说道。

她没有听清楚，正打算再问一问他。

他只把头转过来看着她。“我不想脱。”他加重了语气。这时她才看到他戴着一副侧面也有玻璃的蓝色护目大眼镜，还有一脸浓髯拖在外套领子外面，把他的脸全部都遮住了。

“好吧，先生，随您的便，反正房间很快就会暖和的。”

陌生人不但不回答，还很快把脸转了过去。霍尔太太觉得自己有点不知趣，便匆匆地把手中的餐具放在桌上，离开了房间。过了一会儿，当霍尔太太再进来的时候，陌生人依然像一座石像似的站着。他驼着背，领子向上翻起，滴着水的毡帽檐向下翻着，把他的脸和双耳全遮没了。她把一盆咸肉和煎蛋在桌子上重重一放，大声喊道：“您的饭好了，先生。”

“谢谢。”陌生人冷冷地说。霍尔太太很想知道陌生人接下去会干什么。可是，在她离开屋子把门关上前，他始终站着，一动不动，等到门一关上，他就立刻转过身来，走近桌子。

当霍尔太太从酒吧间后面走进厨房的时候，听到一种声音，有规律而愉快地重复着，是一把勺子在盆子里迅速舀东西的声音。“哎呀，这姑娘！我忘得一干二净了，她磨蹭得太久啦！”她自己边拌芥末，边狠狠地数落了米丽那种慢腾腾的动作。她说她已经煮好了火腿和蛋，摆好了桌子，做了这么多事了，而米丽（真是帮倒忙！）所做的唯一的事——准备芥末——还没做好。他可是一位新来的客人，而且还想住在这儿哩！于是霍尔太太把芥末瓶装满，庄重地把它放在一个黑色镶金的茶盘上，端进了客厅。

她敲了一下门，然后就立即走了进去。这时陌生人迅速地动了一下，因此她只瞥见一个白色的东西在桌子后面一晃就不见了，好像他从地板上捡起了什么东西似的。她把芥末瓶放在桌上，这时她看到客人已脱下外套和帽子放在壁炉前的一张椅子上，一双湿漉漉的靴子正靠在她的炉围档子上，靴子的水汽很有可能使那炉围的铁皮生锈，于是，她趋身向前，讨好地说：“我想，现在可以让我把这些东西拿去烘干了吧？”

“别碰帽子！”陌生人大吼一声，把霍尔太太吓了一跳，她转过身来，见他又抬起头来正注视着她。此时，她惊慌得一句话也说不出来。

她看见陌生人用一块白布——他自己随身带的一块餐巾——捂着嘴和下巴。当然使霍尔太太吃惊的并不是这一点，她之所以如此吃惊，是因为她看到那副眼镜以上的整个额头缠满了白色的绷带，另一条绷带缠住了他的双耳。他身穿一件深褐色的丝绒短上衣，高高的黑色的亚麻衣领一直翻到脖子外边，厚厚的黑发从交叉的绷带之间和绷带下面不听使唤地冒了出来，乱七八糟地支棱着。除了那粉红色的尖鼻子外，整个脸没有一丁点露在外面。这个包扎的脑袋完全出乎霍尔太太的意料，她看了以后，不由得吓愣了。

他没把餐巾拿开，这时她才看见他拿着餐巾的手还戴着棕色的手套。他戴着那副神秘莫测的蓝眼镜正盯着她。“把帽子留下。”陌生人用冰冷的口气捂着餐巾又说了一遍。

过了好长时间，霍尔太太才从极度震惊中清醒过来。她把帽子放回炉边的椅子上，连声道歉：“对不起，我原先不知道，先生……”

“谢谢你。”他的话总是很简短，他的目光从她身上移到门口，又移回来直望着她。

“我马上就去把它们烘干，先生。”霍尔太太一边说，一边拿着衣服往外走。正要走出门，她又看了一眼他那裹得白白的脑袋和蓝色的眼镜，而他仍用餐巾捂着脸。她在随手关门时不禁稍稍哆嗦了一下，满脸惊慌和困惑。“哎呀！”她低声说，“我一辈子也没有见过啊。”她轻手轻脚来到厨房，她太紧张了，竟忘了过问米丽现在在干什么。

陌生人坐在那里，听着霍尔太太脚步声已经远去，又不放心地向窗外张望了一番，然后才拿掉餐巾，开始吃饭。他吃了一口，又疑心地看看窗户，再吃第二口。接着他站起身来，手里还握着餐巾，走过去把窗帘放下来，一直放到有白纱帘挡住的下半截窗格的上端。房间立即变得暗淡无光，他这才松了口气，安心地回到桌旁去吃饭。

“这个可怜的家伙准是碰到过一次意外的事故，要不然一定是做过一次手术什么的。”霍尔太太心想，“那些绷带可把我吓坏了。”

她往炉里添了些煤，打开晒衣架，把客人的外套抖开晾了上去。“还有那副眼镜！为什么他的头看上去更像一个潜水的头盔而不像人的脑袋呢？”她把围巾挂在衣架的角上，自言自语道，“干吗老拿手帕捂着嘴，连说话时也捂着？也许他的嘴巴也受了伤……准是的。”

她转过身子，好像突然想起什么事。“哎呀，我的天啊！你还没有把土豆烧好吗，米丽？”她忽然改变了话题。

霍尔太太去收拾陌生人的餐具。这时，她以为他的嘴准是在意外事故中被割伤变形的想法得到证实。因为她在屋子里的时候他在用烟斗抽烟，但他始终没有松开那条缠在他下半边脸上的丝围巾，因而也就始终没有把烟斗放在嘴里。这并不是由于疏忽，因为在抽完之前，她看见他还看了一下烟斗。他背对着窗帘，坐在角落里。他吃饱喝足，全身暖和舒适，现在说起话来，就不像原先那样简洁得过分了。壁炉里红红的火光照在他的大眼镜上，给他带来一种前所未有的生气。

“我有些行李，”他说，“还在布兰伯赫斯特车站。”他问她怎样才能把它取来。他彬彬有礼地点着那裹缠着绷带的脑袋，以对她的解释表示谢意。“明天没有送快件的吗？”他问。当她回答说“没有”的时候，他似乎颇为失望。她真有把握明天没有人送信吗？难道没有人驾着双轮马车打这儿过吗？

霍尔太太很乐意回答他的问题，于是说起话来就滔滔不绝。“高地附近的路很陡，先生，”她在回答马车的问题时趁机说道，“一年多前，有一辆四轮马车就翻在那儿，摔死了一位绅士和他的车夫。意外事故啊，先生，发生于顷刻之间，是不是？”

可是客人并不是那么容易被引出话来的。“是啊。”他透过捂着的围巾应了一声，一双眼在那深不可测的眼镜后面静静地端详着她。

“发生于顷刻之间啊，可是恢复起来就费时间哩，先生，我姐姐的儿子汤姆也在里头，一把镰刀恰巧把他的手臂割伤了——在干草地里摔了个筋斗，正好碰在镰刀上——天哪！用绷带把他包扎了三个月。先生，说出来怕你不信，现在我一见到镰刀就害怕。”

“我很理解。”客人说。

“有一段时间，他怕他非动手术不可呢，他的伤势太重了。先生。”

客人粗鲁地大声笑起来。那笑声跟狗吠一样，似乎他的嘴要咬人。“是吗？”他说。

“是的，先生，可是说到我为护理汤姆所做的事，却不是什么好笑的事，那时我姐姐还要忙着照顾她那几个更小点的孩子，所以汤姆只能由我来护理，又是缠绷带，又是解绷带，先生。所以，假如我冒失地问一句，先生……”

“给我拿点火柴来好不好？”客人突然粗鲁地说，“我的烟斗灭了。”

霍尔太太的话突然被打断了。她把她对受伤的人所做过的好事都讲给他听以后，他还这样粗鲁地对待她的好意，真是太无礼了。她气呼呼地朝他愣了片刻，想起他付过的两枚金币，于是就去拿火柴去了。

“谢谢。”当她把火柴放下的时候，他简洁地说了一声，转过身再次凝视着窗外。太令人失望了。很显然他对动手术啊、绷带啊这类的话题很敏感。她不敢“冒昧”地往下说，然而房客对她的冷落使她恼火，所以那天下午米丽的日子很不好过。

客人在客厅里一直待到下午四点，始终没一个人来。在大部分时间里，他相当安静，似乎在愈来愈暗的光里坐着，靠近烟火抽着烟——也许在打瞌睡。

仔细地留神听一听，可能会听到他加了一两次煤，大约每过五分钟还可听到他在屋里踱来踱去的声音。他似乎还在自言自语，然后，当他坐下来的时候，扶手椅就吱嘎吱嘎地响。

第二章 泰迪·亨弗雷先生的初次印象

下午四点钟，天色已经相当昏暗了。霍尔太太正要鼓足勇气进屋去问客人要不要喝茶，这时，钟表匠泰迪·亨弗雷走进了酒吧。“我的天哪，霍尔太太，”他说道，“对穿靴的人来说，这天气实在太可怕了！”外边的雪下得愈来愈大。

霍尔太太表示同意，然后注意到他随身带着工具袋，忽然想起了一个好主意。“你来得正好，请帮我看看客厅里的那只旧钟。它走还能走，敲点报时也挺响，就是时针老是指在六点上。”

霍尔太太一边说一边领着钟表匠来到客厅门前，敲了敲门就走了进去。

她在开门的时候，看见客人坐在炉前的扶手椅里，像是在打瞌睡，裹着绷带的脑袋垂在一边。屋里唯一的光线就是炉火的红光。一切东西都变得幽暗发红，在她看来更是一片模糊。因为她刚刚点着了酒吧间里的灯，还感到炫目。可是她立刻就觉得那客人好像有一张大嘴，咧得大大的，这张难以置信的大嘴把他下半个脸都吞掉了。这只是一瞬间的感觉：裹得白白的脑袋，瞪着那双极大的眼睛，还有下面那道巨大的裂缝。这时他动了动身子，在椅中蓦地惊跳起来，抬起了手。她把门敞开，屋里比以前亮点，这时她看得清清楚楚，他的脸仍用围巾捂着，就像她刚见到时他用餐巾捂着一样。她以为幻影骗了她。

“先生，对不起，能让这个人来修一下钟吗？”她边说边从她一时的错觉中恢复过来。

“修钟？”他捂着嘴说，睡眼蒙眬地向四处张望，当他稍稍清醒后，便说“可以”。

霍尔太太去拿灯了，他起身伸了个懒腰。灯拿来了，泰迪·亨弗雷先生进了屋，迎面碰见这个缠着绷带的人，他后来说他当时被陌生人的怪样子吓了一大跳。

“下午好。”陌生人先开的口。他说话的时候盯了钟表匠一眼。这一眼给钟表匠的印象深极了：“陌生人的样子活像一只大龙虾。”

“但愿我没有打扰你。”亨弗雷先生用抱歉的口吻说道。

“一点也不。”陌生人说着，转向霍尔太太，“不过据我理解，这屋子是我私用的。”

“先生，”霍尔太太说，“我想你愿意把那钟……”她还没有来得及说出“修好”两个字。

“当然，”陌生人说，“当然——可是一般来说，我喜欢一个人待着而不受干扰。”

“不过要是能把钟修好，我也挺高兴。”他看到亨弗雷有些犹豫的样子便应付了一句。亨弗雷先生本想道个歉就走的，这一来倒放心了。陌生人转过身，背朝着壁炉，双手背在身后。“一会儿等钟修好以后，”他说，“我想喝点儿茶，但要等钟修好以后。”

霍尔太太正要离开房间——这次她没有加入他的谈话，因为她不愿在亨弗雷先生的面前受人冷落——这时客人突然问她是否把他在车站的行李安排好了。她告诉他：她又对邮差讲了取他的行李一事，明天搬运工就能把行李运来。“你肯定不能再早点送来吗？”他问。

她表示肯定，神情显然冷淡下来。

“我应该解释一下，”他又说道，“以前我又冷又累，没有讲清楚，我是个实验研究者。”

“的确该解释解释，先生。”霍尔太太说，对他的话，印象很深。

“我的行李里有仪器和做实验的设备。”

“真是很有用的东西，先生。”霍尔太太说。

“我很想把我的研究工作继续下去。”

“那当然啰，先生。”

“我来伊宾的原因，”他态度相当郑重地继续说道，“是……因为我想隐居起来。我在工作时不愿被人打扰。此外，一次意外事故……”

“跟我想的一样。”霍尔太太自言自语道。

“……使我必须过某种程度的退隐生活。我的眼睛有时又无力又疼痛，因而我不得不一连几个钟头把自己关在暗处，甚至用锁把自己锁起来。当然不是说现在。在那种时候，哪怕是一点轻微的干扰，譬如有人进屋，就使我烦得无法忍受……这些情况最好你能理解。”

“那当然，先生，”霍尔太太说，“我想冒昧地问一句……”

“我认为我都讲清楚了吧。”陌生人说，摆出一副不容分说的架势来。霍尔太太只好把她的问题连同她的同情留待以后更好的时机去问了。

后来据亨弗雷先生说，霍尔太太离开房间以后，陌生人还站在壁炉前盯着他修钟。亨弗雷先生修钟时尽可能地把活干得慢一些，不仅拆下了钟的指针和外壳，而且把机芯也拆了出来。亨弗雷修钟时紧靠着灯，绿色的灯罩把光线投在他手上、钟座上、齿轮上，把屋里其余的地方弄得一片漆黑。他抬头向上看，觉得眼花缭乱。由于他对陌生人充满了好奇心，很想从陌生人的话里套出一点关于其身世的秘密来，他把钟里的零件拆散——这完全是没必要的——想拖延着不走，也许能同陌生人交谈交谈。可是陌生人一声不响地站在那儿，一动不动。死一般的寂静使钟表匠的神经紧张了起来，他觉得房间里只有他一个人。他抬起头发现，嗨，刚才看到过的那块灰暗色的东西，原来是绷带裹着的脑袋，以及死死盯着他的巨大的深色镜片，镜片前面蒙着一层绿雾。对亨弗雷来说，这模样是如此的怪诞，以至于在一分钟内他们茫然地对瞧着。然后亨弗雷又低下头去干活。这种处境实在太难受了，为了打破难堪的沉默，钟表匠没话找话。在一年中的这个时候，天气真是太冷了。

亨弗雷抬起头，仿佛找到了话题。“今天的天气啊……”他开始说。

“你干吗不赶快修完马上就走呢？你该做的事就是把时针固定在它的——轴上，我看你是在磨洋工。”陌生人说道，显然在使劲压着怒火，身子一动不动。

“哦，好的，先生，至多再需要一会儿工夫，我马上就好……”

可是他离开的时候非常气愤。“该死的！”亨弗雷先生自言自语道。他正冒着飞雪艰难地走过村子。“一个人有时总得修修钟吧？——那是当然！”

然后又说：“人家就不能看看你吗？——丑八怪！”

过了一会又说：“好像不可以似的。要是警察正要抓你，恐怕你不能再用绷带裹得再严实了吧。”

在格利森路的拐角处，他看见了霍尔，就是最近同车马客栈的女主人结了婚的那个人，他目前在伊宾赶马车，因为偶尔有人要车去锡德桥。现在他正从桥那边返回，从他驾车的样子来判断，霍尔显然在锡德桥停过一会儿还喝过几杯酒呢。

“你好，泰迪。”霍尔说道，一边赶着车，一边往前走。

“你家里来了一位古怪的家伙！”泰迪说。

霍尔友好地把车停下。“你说什么呀？”他问。

“一个样子古怪的家伙正住在车马客栈，”泰迪说，“我的天哪——”

于是，他把那位奇形怪状的客人生动地描述给霍尔听。“看起来像是化了装，不知对不对。如果一个人住在我那儿，我可得看看他的真面目，”亨弗雷说，“可是女人们却那么轻信陌生人。他已经占了你家几间屋子，可是他连个名字都不报啊，霍尔。”

“不至于吧。”霍尔说。霍尔是个不长脑壳的人。

“没错，”泰迪说，“还是按周付的钱呢。无论如何，你不到一周是不能把他撵走的。他明天又有许多行李要到，他是这么说的。但愿他的箱子里不是装的石头，霍尔。”

他告诉霍尔他有一位姑母住在黑斯廷斯，曾被一个拿着空箱子的陌生人诈骗过。总之，他的话使霍尔心神不安起来。“快跑，老姑娘！”霍尔吆喝他的马快跑，“看样子我得去查看查看。”

泰迪步履艰难地向前走着，心里却轻松了许多。

可是霍尔回家以后并没有“查看查看”，反而由于他在锡德桥耽搁得太久被他老婆痛骂了一顿。对于他温和的问话，她回答得很急躁，而且牛头不对马嘴。尽管有这些令人伤心的事，泰迪的话在他心中还是多少起了点作用。“你们女人什么都不懂。”霍尔先生说，决定一有机会就要把客人的身份弄个水落石出。陌生人大概九点半钟在楼上卧室里睡觉以后，霍尔先生挑衅地跑到客厅，挑剔地查看他老婆的家具，只是为了表明陌生人并不是那儿的主人。他还轻视地看了看陌生人撂下的数学计算。晚上临睡的时候，他关照霍尔太太，明天陌生人的行李到达的时候，要她仔细查看一下。

“管好你自己的事吧，霍尔，”霍尔太太说，“我的事我负责。”

她越发想呵斥霍尔，因为这个陌生人无疑是陌生人中最古怪的了，在她心里，她对他也没有把握。半夜里，她梦见像白萝卜一样的大脑袋，长着长长的脖子，上面还有黑色的大眼睛，在她身后紧紧追赶她。她惊醒了。但是作为一个明事理的女人，她克制住恐惧，翻了个身，又睡着了。

第三章　一千零一个瓶子

这个怪人在二月九日天气开始解冻时，从无限的太空中掉进了伊宾村的情况就是如此。第二天，陌生人的行李通过融雪四溅的道路运进了伊宾村。陌生人的行李很显眼：两个一般旅行的人常用的大皮箱，一箱书——这些书又大又厚，其中有几本上面的字都看不清了，另外还有十几只篓子、筐子和箱子，装着许多用草捆扎起来的东西。霍尔觉得好像是玻璃瓶，十分好奇地把草扯了一把。陌生人裹着外套，戴着帽子、手套和围巾，站在台阶上，不耐烦地出来接费恩赛德的车。那时霍尔正在那儿闲聊，打算帮着把行李搬进去。陌生人出来时没有留神费恩赛德的狗，它正懒洋洋地咬着霍尔的腿。“快来搬箱子，”陌生人说，“我已等得够久啦。”

然后，陌生人匆匆下台阶，朝运行李的车子后面走去，想伸手去拿那小一点的篓子。

这时费恩赛德的狗一见到他，毛发倒竖地狂吠起来。

当陌生人疾步走下台阶时，那条狗突然地蹿起来，朝他的手直扑过去。“用鞭子抽它！”霍尔叫道，并向后跳开，他也怕狗。费恩赛德大吼一声："趴下！"一边抓起他的鞭子。陌生人的反应非常快，狗的牙齿还没有咬住他的手，陌生人就迅速地伸脚用力踢狗，但没有踢着，而那狗侧身一跳，正好咬住了陌生人的小腿，"嘶啦"一声把他的裤子撕破了。这时运行李的马车夫挥起鞭子抽打他的狗，狗吠叫着，惊慌地躲到车下面去了。这一切都是在瞬间发生的，大家都叫了起来。

陌生人朝着他那撕破的裤腿和小腿上迅速看了一眼，似乎想弯腰去摸摸自己的腿，但他没有这样做，而是飞快地转身奔向台阶，跑到旅店去了。他们听见他匆忙地越过走廊，上了没有铺地毯的楼梯，走进了他的卧室。

"你这畜生，你！"费恩赛德说着，爬下货车，手里拿着鞭子，而狗在车轮后面窥视着他。"到这儿来！"费恩赛德说，"你最好给我过来。"

霍尔目瞪口呆地一直站在那里。"他被狗咬了，"霍尔说，"我最好去看看他。"他说着跟在陌生人后面跑上楼去。他在走廊里面碰见了霍尔太太。"运货人的狗把他咬了。"他告诉她。

他直奔楼上。陌生人的门半掩着，出于本能的同情心，他顾不得敲门，径直推门向屋里走去。

窗帘已经拉下，屋里光线十分暗。霍尔一眼瞥见一个非常古怪的东西，好像一只没有手的胳膊朝他挥着；还有一张白脸，上面有三个模糊不清的圆圈，活像一朵浅色的三色紫罗兰。接着他的胸部挨了狠狠的一拳，使他一个踉跄，身子不由得猛然倒退几步。那扇门就冲着他的脸砰地关上，并上了锁。一切如此迅速，他都来不及看清。只觉得有什么东西在挥舞，自己就挨了一拳，被打了出来。他站在暗黑的楼梯口，十分纳闷，不知他刚才看到的到底是个什么东西。

几分钟以后，他回到客栈外面的人群中。费恩赛德把事情经过从头到尾又说了一遍，霍尔太太说他的狗没有权利咬她的客人，马路对面的杂货铺老板赫克斯特跑来问东问西的，铁匠铺的桑迪·瓦杰斯也跑来评头论足。此外，还有妇女小孩子们也七嘴八舌说着些蠢话："我敢说，我就不会让它来咬着我。""这该死的狗。""为什么要咬他呢？"等等。

霍尔先生站在台阶上听着，打量着下面的那些人，感到他在楼上见到的怪事真令人难以置信。说实话，他简直无法用语言来表达他的所见所闻。

"他说，他需要帮忙，"霍尔回答他老婆的问话，"我们最好帮他把行李搬进去吧。"

"他得马上用烧灼法治一下他的伤口，"赫克斯特先生说，"要是发炎的话就更应这样烧灼一下了。"

"要是碰到我的话，我就打死它。"人群中有一位老太太说道。

那条狗又突然嗥叫起来。

"大家一起来帮个忙！"一个怒气冲冲的声音从门口传来。陌生人领子向上翻着，帽檐下垂，裹得严严实实的，站在那儿。"你们搬得越快我越高兴。"

事后一位不知名的旁观者说，他的裤子和手套都换过了。

"伤着你没有，先生？"费恩赛德说，"真对不起，这狗……"

“一点没伤着，”陌生人说，“一点皮都没有破。”然后他转向那些搬东西的伙计，大声说：“喂，你们快搬东西吧。”

随后他轻声骂了一句。霍尔先生断言道。

按照陌生人的指示，第一只篓子被直接搬到客厅。陌生人迫不及待地跑过去把它解开，根本不顾霍尔太太的地毯，把草撒得满地。他从里面取出了许多瓶子来——装着粉末的小圆瓶子，装有各种有色或无色液体的细长瓶子，贴着“有毒”标签的蓝色细长瓶子，体圆颈长的瓶子，绿色的大玻璃瓶子，白色大玻璃瓶子，带玻璃塞和软木塞的瓶子，大口径瓶子，带木盖的瓶子，以及酒瓶子、色拉油瓶子成排地摆在碗橱上、炉架上、窗子下面的桌子上、书架上以及地板上——到处都是。布兰伯赫斯特的药店也不敢说有这些药瓶的一半那么多，真是形形色色、洋洋大观啊。他一篓又一篓地取出了许多瓶子，等到六只篓子全都掏空以后，乱草堆得都有桌子那么高了。篓子里除了瓶子以外，剩下的就是一些试管，以及一架包扎得很小心的天平。

篓子全部打开后，陌生人就坐到窗前开始工作了。他丝毫不顾及地板上的乱草，炉子里的火已熄，放在外面的书和已扛上楼去的大箱子以及其他行李。

当霍尔太太把晚饭端进来时，陌生人正聚精会神地把瓶里的液体滴进试管。直到她把一大堆草扫走，他才知道她进来了，因为看到地板上乱七八糟的样子，她有意在放托盘时放得重一些，这时他才稍稍转过头来看了一眼接着马上又转了回去。她注意到，这时陌生人没戴眼镜，眼镜就在他身旁的桌子上。她觉得他的眼窝深邃得出奇。陌生人发现霍尔太太正在观察自己，连忙戴上眼镜，然后转过身来面对着她。她正要抱怨地上的乱草，但他已抢先用一贯的暴躁的口气对她说：

“我希望你不要不敲门就进来。”

“我敲了门，但是好像……”

“也许你敲了。可我正在进行研究——你不清楚这些研究对我有多么的紧急和重要——这时候哪怕是轻微的干扰，比如房门的响声，都会打扰我。我必须提醒你，请你注意一些……”

“我记住了，先生，如果你愿意，你随时可以把门锁上嘛。”

“说得好。”陌生人说。

“恕我冒昧，先生，这些乱草……”

“别说了，如果是乱草惹了麻烦，那就记在账上吧。”他嘟哝着对她说，这些话就像在骂人。

他太古怪了，站在那儿一手拿着瓶子，一手举着试管，那么的放肆，那么的暴躁。霍尔太太一阵惊慌。但是她是一个很有主见的女人：“先生，我很想知道你有什么打算……”

“记一先令的账嘛，一先令还不够？”

“那就这样吧！”霍尔太太拿起桌布开始铺桌子，“如果你满意，当然……”

他转过身坐下来，背朝着她。

整整一个下午，陌生人都锁着门工作，正如霍尔太太后来所描述的那样。大部分时间，房间寂静无声，只听得见偶尔有几次瓶子碰撞的响声。有一次好像桌子被猛击了一下，“哗啦”一声，玻璃被砸在地板上，接着房里响起一阵来回走动的脚步声。她以为出了什么事，就到门口去偷听，但也没打算敲门。

霍尔太太还不时地听见屋子里陌生人自言自语道：

“我不能再这样下去了！三十万,四十万，天文数字，骗人！得耗费我一生的精力！镇静！千万要镇静！傻瓜！傻瓜！”

霍尔太太不得不勉强地中断偷听陌生人的独白，因为酒吧间里的砖地上有皮鞋走动的声音。她回来时，屋里又安静了，只有椅子轻微的吱嘎声，偶尔还有瓶子的叮当声。一切都恢复了正常，陌生人又开始工作了。

当她端茶进去的时候，她看见墙角的凹面镜下有碎玻璃，还有一块马马虎虎擦过的金黄色的污渍。她提醒客人注意这个情况。

“把它记在我账上,”客人厉声说,“看在上帝面上，别来缠着我，要是损坏了什么东西，就记在我账上好了。”于是他又在他面前的草稿本上勾画着，在表格上标记号。傍晚时分，伊宾村的小啤酒店里像往常一样聚了不少人。“我来告诉你们一件事。”费恩赛德神秘兮兮地说。

“什么事？”泰迪·亨弗雷问。

“就是车马客栈里新来的那个怪家伙，嗯，就是我的狗咬了的那个。他是个黑人，至少他的腿是黑的。我一直在注意他。今天早晨我从他那破裂的手套和裤腿里发现的。我原以为那儿露出的应该是肉红色皮肤，可是——不对，是黑颜色的皮肤，老实告诉你们吧，就像我头上的帽子这样黑。”

“我的天哪！”亨弗雷说，“那就奇怪了，为什么他的鼻子是粉红色的，像胭脂一样？”

“这倒是！”费恩赛德说，“我想，那个人的皮肤是多色的，黑一块、白一块，互相混杂。他怕被人瞧见难为情，所以才用布包裹着自己。他肯定是个混血儿、杂种，可是肤色不是混合在一起，所以看起来黑一块白一块的，全身不一样。以前我也听说过这种事，现在总算亲眼证实了，哈哈。”

第四章　卡斯先生拜访陌生人

为了让读者对陌生人给人们造成的古怪印象有所了解，我把他到伊宾村以后的情况已经做过详细的叙述了。直到交谊节那一个不同平常的日子，要不是出了两件怪事，陌生人在这儿的情况还可以马马虎虎过得去。他与霍尔太太曾为旅馆的规矩有过几次小冲突，可是直到四月下旬，他开始第一次露出拮据的迹象之前，每次都用额外付账的对策，轻易地把霍尔太太糊弄了。霍尔不喜欢他，可每当霍尔壮着胆子想对老婆说把他撵走的时候，霍尔自己又表现出一种懦弱的样子，而且尽可能地躲着陌生人走。霍尔太太明智地说："等到夏天，等艺术家们来的时候再说。他可能有点霸道，但不管怎么说，我们自己也明白，他总是能按期付账的。"

人们发现陌生人从不上教堂，星期天和其他日子对他毫无区别，他甚至连衣服都不换。至于他每天的工作，霍尔太太认为太没有规律了。有时他起床很早，一直忙个不停；有时他起来很晚，什么也不做，一连几个小时在房里来回踱着方步、抽烟，或躺在壁炉前的扶手椅上，嘴里叽里咕噜不停。他在村子里不与任何人接触，过着一种与世隔绝的生活。他性格暴躁，脾气变化无常，他的行为是属于那种由于忍受了难以忍受的刺激而感到万分痛苦的人所特有的。曾有几次，在一阵狂怒后，他随手把东西折断、撕破、捣碎或打烂。他那种低声地自言自语的习惯越来越厉害。虽然霍尔太太很努力地偷听，但是她什么也没有听懂。

白天他很少出门，可是到了傍晚，也不管外面的天气是否寒冷，他总要裹得严严实实地出去走一走。通常他总是走那些最偏僻的树影浓密的和山坡遮蔽的阴暗小路。他的大眼镜以及帽檐下缠满绷带的白脸，常常在黑暗中把一两个下班回家的工人吓得魂不附体。有一天晚上九点半，泰迪·亨弗雷从红衣酒店跌跌撞撞地出来，酒店的门刚一打开，一道光线突然照在陌生人像骷髅一样的脑袋上，把亨弗雷吓了一大跳。只要孩子们在傍晚遇见了这个陌生人，晚上睡觉时准做噩梦，梦见的全是妖怪。反正双方都怀着很深的恶感。不知道是他不喜欢小孩子，还是小孩子不喜欢他，谁也搞不懂。

在伊宾这样的村子，一个仪表如此奇特的人当然会成为人们茶余饭后津津乐道的话题。关于他的职业，众说纷纭，霍尔太太对此很敏感。别人问她时，她就总是相当小心地介绍说陌生人是个“实验研究者”，就像一个害怕掉进陷阱里的人似的，她一个字一个字地说，生怕说错。问起实验研究者究竟是研究什么的，她就略带骄傲地说，有文化的人大多懂，然后又解释说：“他是‘发明东西’的。”她说她的客人曾有过一次意外事故，使他的脸和手暂时都变了颜色，他不愿意任何人注意这件事。

许多人背着她在私下里议论，以为他是个罪犯，把自己全身都裹起来，无非是想瞒过警察的眼睛，继续逍遥法外。这种想法是从泰迪·亨弗雷的头脑里产生的，从二月中下旬以来，没有听说发生过什么重大的犯罪行为。这种说法在古尔德先生（国立学校见习助教）的想象中得到了进一步的发挥。他认为陌生人是个乔装起来的无政府主义者，可能正在造炸药。古尔德先生打定主意，平时只要有时间，他就去侦察一下，而他们一旦相遇，他就非常挑剔地盯着陌生人。他还向一些从未见过陌生人的人提出一些诱导性的问题。但是他什么也没侦探到。

另一派附和费恩赛德意见的人认为陌生人是得了花斑病，或其他什么的病。例如，西拉斯·德根就坚持说："如果他愿意把自己放在集市上展览的话，他马上就会发财。"他多少是算得上一位神学家，所以把陌生人比作《圣经》里那个把钱埋在地下没有去经商获利的人。[①]还有一种观点，干脆把陌生人当成无害的疯子。这种观点的好处是可以把每件事马上解释清楚。

在这几种看法的人中间，还有动摇派和折中派。苏塞克斯郡的老乡们很少有人信迷信。只是在四月上旬的事发生之后，涉及鬼神的想法才首次在村中低声耳传。即使如此，也只有女人们才相信。

但不管怎么说，只要一想到这个陌生人，伊宾村人全感到憎恶。那种常使他们担惊受怕的疯狂举动，天黑以后在偏僻的角落里从人们身旁一掠而过的匆忙脚步，以及对于一切好奇的试探一律给以的无情打击，都使他们难以容忍。虽说城里的脑力劳动者可能理解他

---

① 《圣经·马太福音》第二十五章：有人获得了一袋银币，却埋在地下，没有去经商获利。此处引用，系指陌生人没有利用自己的"长处"。

的暴躁脾气，可是对于这些天性好静的苏塞克斯的村民来说，这种脾气使大家惊愕。由于陌生人喜爱黄昏，家家户户便不得不早早地关门垂帘、熄灯灭烛——谁愿意继续这样下去呢？当他穿过村庄时，人们都闪到一边；等他走过以后，爱开玩笑的年轻人就会拉下帽檐，翻起领子，神经兮兮地跟在他身后，模仿他那诡秘的举止。当时还有一首叫《妖人》的流行歌曲，斯塔切尔小姐在教堂音乐会上（为筹募教堂的灯）唱过这支曲子。打那以后，只要几个村民聚在一起，一见到陌生人，就五音不全地吹起哨来，吹的就是这支曲子的几个小节。来迟的孩子们也会跟在他身后喊“妖人”，然后，又兴高采烈地赶快逃跑。

卡斯是伊宾村兼治内外各种疾病的医生，对陌生人也好奇极了。一千零一个瓶子的传说使他妒忌，绷带激起了他的职业兴趣。整个四月份和五月份，他都拼命地找机会同陌生人交谈。最后，当万圣节即将到来时，他以村上要请一个护士为理由，拿着募捐簿找他去了。当他得知霍尔太太连客人的名字都不知道时他大吃一惊。“他说过一个名字，可是我没听清楚。”霍尔太太说——这实在是做得不对，她居然不知道这个人的名字，她实在是太傻了。

卡斯敲了敲客厅的门，未经允许便闯了进去。这时他听见里面清清楚楚传来一声咒骂。“打扰您了。”卡斯说着关上门，然后向陌生人说明了来意。其余的谈话，霍尔太太就没听见了。

有十分钟左右她能听到的只是喃喃的说话声，接着就是惊叫声，杂乱的脚步声，一张椅子扔到一边的声音，狗叫似的笑声，走向门口的疾步声。接着卡斯脸色苍白，边走边往身后瞧，手里拿着帽子出来了。他没关门，也没瞧她一眼，就大步走过客厅，走下台阶。随后她听到他快步沿着大街走去。她站在酒吧间柜台里面，注视着客厅开着的门，然后感到陌生人无声地笑着，脚步声穿过客厅。她所站的位置看不见他的脸。客厅的门砰的一声关上了。一切恢复了平静。

卡斯先生直接去了村里的邦廷牧师家里，卡斯走进牧师肮脏的小书房，就急切地说："难道我疯了吗？我像个疯子吗？"

"出了什么事？"牧师一边问，一边把一块压纸的菊石放在布道用的活页稿上。

"客栈里那个家伙——"

"他怎么你了？"

"给我一点喝的。"卡斯说着就坐了下来。一杯廉价的白葡萄酒（这位好心肠的牧师唯一能提供的饮料），使他的神经稳定了下来，他把刚才拜访陌生人的经过告诉了牧师。卡斯喘息着说："我进去了，开始要求为护士基金募捐。起先他一直双手插在口袋里站着，接着他重重地往椅子上一坐，抽吸了一下鼻涕。我告诉他，我听说他对科学很感兴趣。他说'是'，又抽吸了一下鼻涕。他一直不停地抽吸鼻涕，显然最近得了重感冒，怪不得裹缠得那个样子。我谈了关于护士基金的想法，眼睛一直睁得大大的。满屋到处都是瓶子呀、药剂呀，还有天平、一架架的试管和一种樱草花香。问他捐不捐钱，他说要考虑一下。我还直截了当地问他是否在搞研究，他说'是'。'长时间的研究吗？'他发起火来。'长得该死的研究。'他答道，可以说是大发雷霆。'哦？'我说。于是他发起牢骚来。他正在气头上，而我的问话把他激怒了。他说他有过一张处方，最有价值的处方。那处方是干什么的他又不说。‘是药方吗？’‘该死的！你要打听什么？’我为此道了歉。他接着又抽鼻涕又咳嗽。他继续讲，他看过这张处方，有五个成分。但当他把它放下然后一回头的时候，一阵穿堂风嗖地把那张处方吹了起来。当时他正在一间有壁炉的屋子里工作。这阵从窗户外吹来的风，把桌上的那张方子掀了起来，吹到壁炉里烧着了，直往烟囱里边钻。这时，他冲了上去。‘嗨！’说到此，为了说明当时的情景，他就把胳膊伸了出来。”

“怎么啦？”

“我情不自禁地叫了起来，惊讶地发现陌生人的胳膊下没有手，只是一只空袖子——袖笼里什么也没有，一直到关节，全是空的。我从他的袖口一直可以看到肘部，衣袖撕破的地方竟然还透着光呢。”

“然后呢？”

“就这样他只是瞪着我，一言不发，赶快把袖子放回口袋。‘我刚才说到那张处方烧着了，是吧？’他询问似的咳了一声。‘你一只空袖子究竟是怎么活动的呢？’‘空袖子？是吗，空袖子，我这是一只空袖子吗？你看见的是一只空袖子？’他立刻站了起来，我也站了起来。他朝我慢慢地走了三步，站得很近，充满恶意地抽吸了一下鼻涕。我没后退，如果他那悄悄逼近的用绷带缠着的脑袋瓜和那副眼镜还不足以使人精神失常的话，就把我绞死算啦。

“‘你说这是一只空袖子？’他说。‘肯定是啊。’我说。对付一个无耻的人（如果他不戴眼镜），你只要一言不发地盯着他看，就不那么可怕了。然后他非常平静地再次把袖子从口袋里拉出来，向我举起手来，好像还要让我再看一遍似的，动作非常非常缓慢。‘哦？’我清了清嗓子，‘袖子里什么也没有啊。’总得说些什么吧。我开始感到恐惧。我睁大眼睛看着，从袖子口一直看进去——里面的确是空荡荡的。他把它慢慢地向我伸直，直到袖口离我的脸只有六英寸远。像这样看到一只空袖子向你伸过来，真是怪事！这时，我突然觉得有一样东西——就像一根拇指和一根食指——一把捏住了我的鼻子。”

邦廷笑起来了。

“那笔直伸过来的袖管里边什么也没有呀！”卡斯说——他在说最后一个字时已变成尖叫了，“你就笑吧，可是我怕死了。我使劲打他的袖口，转身就跑出了房间——我离开了他——”

卡斯沉默了下来。这件事情卡斯现在回想起来依然心有余悸。他绝望地转过身来，把这位心肠特好的牧师的第二杯劣质酒喝了下去。“当我打他袖口的时候，”卡斯说，“我告诉你，我的感觉就跟打一只手臂完全一样。可是那儿没有手臂啊，连手臂的影儿都没有！”

邦廷先生仔细地想了想，他疑惑地看着卡斯。“真是一件怪事。”他说。他看来确实很有见识而且非常严肃。“真是一件天大的怪事。”邦廷先生用一种评断的语气，强调地说。

第五章 牧师家被盗

牧师家中失窃主要是通过牧师本人和他妻子讲出来的。那是在降灵节[①]周星期一的凌晨发生的。牧师家被盗的那天正是伊宾村人赶集的日子。据邦廷太太说，她是在黎明前突然被惊醒，发觉有人把他们卧室的门打开，然后又关上了。邦廷太太心想，有贼，但她没惊动她丈夫，只是独自坐在床上静静地听。接着她清楚地听到隔壁更衣室里有赤脚走路的“啪嗒”声，并沿着走廊走到楼梯。邦廷太太更加肯定了。她尽量不出声地唤醒了丈夫邦廷先生。邦廷先生灯也不点，只是戴上眼镜，披上妻子的睡衣，穿上拖鞋，走到楼梯口去静听。他清楚地听到有人在楼下的写字台上摸索，接着响起一声响亮的喷嚏声。

于是他回到卧室，拿了根拨火棍做防身武器，蹑手蹑脚地下了楼梯。邦廷太太提心吊胆地站在楼梯口守候着。

此时，大概是凌晨四点，黎明前的黑暗渐渐消失，客厅里微微

① 春分后第一次月圆之后的第一个星期日，为基督教纪念耶稣复活的复活节。复活节后第七个星期日为圣降灵节。降灵节及周末，以及随后的一星期，为降灵周。

显出些亮光，可是半掩着的书房内依然漆黑一片。四周万籁俱寂，只有邦廷先生踏着楼梯的脚步声和书房里发出的轻微响动。突然一阵声响，抽屉打开了，还有翻动书页的声音，一连串低低的咒骂声。这时邦廷先生已来到客厅，透过门缝，他看见有一根火柴被擦亮了，点燃了一根蜡烛。借着烛光，他看清了桌子和打开的抽屉，但是没有发现贼。他愣住了，不知该如何是好。这时，邦廷太太也悄无声息地来到他的身后。邦廷先生认为窃贼是一个村民，这种想法把他的勇气鼓了起来。

“叮叮当当……”是钱币的声音——小偷已经找到了家里储存的金币——共两英镑（都是半英镑一个的硬币）十先令。听到钱币的声音，邦廷先生不禁冲动起来，条件反射似的紧握拨火棍冲进了书房。后面紧跟着邦廷太太。“快投降吧！”邦廷先生大吼一声，但他马上呆若木鸡地愣在那儿：书房里显然只有他和他太太，并无第三人。

可他们非常肯定，就在那时听到有人在屋里走动。他们站在那儿喘了口气，然后邦廷太太就穿过屋子，去查看屏风后面。邦廷先生去查看了书桌底下。邦廷太太又把窗帘翻了下，邦廷先生抬头望着烟囱，还用拨火棍捅了一下。接着邦廷太太又仔细查看了废纸篓，邦廷先生则打开了煤斗。最后他们面面相觑地站在那儿停止了搜查。

“我敢发誓——”邦廷太太说。

“蜡烛！谁点燃的蜡烛？”邦廷先生说。

“抽屉！钱都丢了！”邦廷太太说。

她急忙跑到门口。

“怪事，天大的怪事……”

走廊里一声大喷嚏，他们连忙从书房里冲了出来。就在这时，他们听见厨房的门砰的一声关上了。邦廷先生一边往厨房冲一边说："把蜡烛拿来！"他们都听到厨房的插销匆匆拉开的声音。

他打开厨房门的时候，隔着碗柜，看到后门刚被打开。黎明的微光显出外面花园的暗影。他肯定没什么东西从后门出去，可是门却打开了，而且还敞了一会儿，然后就砰的一下关上了。这扇门一开一关把邦廷太太从书房拿来的蜡烛的烛火弄得闪烁摇曳起来，这是他们进厨房前一两分钟内发生的事。

厨房空空的，没人。他们把后门又闩上，彻底检查了厨房、食品室和碗柜，最后还查了地窖。不管他们怎么搜查，在房子里他们连一个鬼也没有找到。

满是烛泪的蜡烛还徒然散射着微弱的光，不知不觉天已大亮了，这对夫妇还穿着十分古怪的服装在楼下惊愕地站着。

第六章　疯狂的家具

降灵节周星期一的凌晨，早在米丽从床上被赶起来干活之前，霍尔先生和太太都已起床了，然后一声不响地来到地窖，他们在地窖里要做的事是与他们的啤酒有关的，属于秘密的事。他们刚走进地窖，霍尔太太就发现她忘记把套间里的一瓶菝葜①拿下来了。因为她是这种事情的行家和主要操作者，所以就由霍尔上楼去取。

在楼梯口，他惊奇地发现陌生人的房门半开着。他回到自己的房里，在他老婆所交代的地方找到了瓶子。

可是当他拿着瓶子回来的时候，他发现前门的插销被拉开了，实际上这门上着防扒闩。他灵光一现，把它与楼上的陌生人和泰迪·亨弗雷的意见联系在一起。他记得很清楚，昨晚是他拿着蜡烛，霍尔太太插上插销的。此时霍尔发了一阵呆，然后手里拿着瓶子又转身上楼去了。他敲了敲陌生人的门，没人回答，又敲了几下，还是没有反应。

① 一种植物，其根部含有一种能起泡沫的物质。啤酒商用它加进啤酒，再掺上水，以欺骗顾客。

正如他预料的一样，床上和房间都是空的。更奇怪的是，客人仅有的那件外套和绷带都散落在椅子和床沿上，那顶边缘下垂的大毡帽则十分随便地歪戴在床柱上。

霍尔站在那里正发愣时，听到他老婆从地窖深处传来的喊声，那种音节缩叠而短促，问句末的几个字尖声尖气，按苏塞克斯村民的习惯，她是极不耐烦了。

于是，他马上转身跑下楼去。“珍妮，”他趴在地窖台阶栏杆上说道，“亨弗雷说的是真的呢。他不在屋里，他跑了，前门的插销也拉开了。”

起先霍尔太太还不明白是咋回事，她一回过神来就决定马上亲自去看看那间空屋。霍尔手里拿着那个瓶子走在前头。“他不在屋里，”霍尔说，“可是他的衣服却在屋里。他不穿衣服出去干什么呢？真是怪事。”

他们登上地窖台阶时，都觉得听到（后来他们才确信当时真的听到了）前门打开和关上的声音。可是看到门还是关着的，那儿又没什么东西，所以他们两人此时谁也没有跟对方提起听到的声音。霍尔太太跑上楼梯，在走廊里走到她丈夫的前面。听见有人在打喷嚏，霍尔在她后面相隔六步远，以为他太太在打喷嚏呢，而她走在前面，还以为是霍尔在打喷嚏呢。她猛地把门打开，站在那里注视这个房间。“这就怪了！”她说。

她听到抽吸一下鼻涕的声音，好像就在她脑后，不禁转身一看，看到霍尔还在楼梯口上，离她还有十几尺远，她感到很惊奇。可是他立刻就来到她的身旁。她走到床边，弯下腰，把手放在枕头上摸了摸，然后又把手伸到被子下面。

“冷的，”她说，“他起床至少一个小时了。”

就在这时，一件最最奇怪的事情发生了。被子突然自动鼓起，聚成一座小山峰，接着又一个倒栽葱跃到床头护栏上，就像一只手抓住被子中央，用力一甩似的。紧接着那顶毡帽随即也从床柱上跳了下来，在空中画了大半个圆圈，朝着霍尔太太的脸直冲过去。然后一块海绵从脸盆架上飞了起来。椅子也动起来了，它把上面的衣裤随便抛向一边，还发出古怪的干笑声，那笑声非常耳熟。突然它自动翻转过来，四只脚对着霍尔太太，瞄准了一会儿，便朝她冲过去。霍尔太太尖叫一声，连忙转过身去。于是四只脚缓慢而又坚定地朝她后背顶过来，把她和霍尔逼出了屋子。房门在他们身后砰的一声猛烈地关上，并且立即上了锁。椅子和床忙乱了一阵，像是在庆祝胜利，然后一切又恢复了平静。

在楼梯口，霍尔太太倚在霍尔怀中，几乎要晕倒在地。被她的惊叫声吵醒了的米丽，加上霍尔，非常艰难地才把她弄到楼下，用了在这种情况下才能用的兴奋剂。

“妖精，”霍尔太太说，“准是妖精，我在报上看过，桌子和椅子乱舞……”

“再喝一口，珍妮，”霍尔说，“它会使你镇静下来的。”

“把他锁在客栈外头，”霍尔太太说，“别让他再进这所房子。我几乎猜对了……我本可以了解的。那副大眼镜，那个缠着绷带的脑袋，礼拜天从不上教堂。还有那些瓶子——任何人也不会有那么多呀，他叫家具都中了邪，我那讲究的老家具呀！我还是个姑娘时，我亲爱的母亲平时常坐的那把椅子啊，现在竟起来对付我了……”

“再喝一点吧，珍妮，”霍尔说，“你的神经受刺激太深了。”

他们派米丽去把街对面的铁匠桑迪·瓦杰斯叫醒，此时已是早晨五点钟，金色的阳光普照着大地。米丽告诉铁匠：“霍尔先生问你，楼上的家具在作怪，你能否来一趟？”瓦杰斯先生是位见多识广的人，的确是，而且很有智谋，可是他对这件事的看法颇有忧虑：“如果不是妖术的话，就砍掉我的脑袋。对付他那种人，你得用马蹄铁。”

他满心疑虑地来了。他们要他领头到楼上那间屋子里去，但他好像不着急。他宁可在走廊里商量。马路对面，赫克斯特的徒弟出来了，正开始把卖烟窗口的铺板取下来。他被他们叫来一起商量。几分钟后，赫克斯特先生自然也加入了讨论。盎格鲁－撒克逊议会政府的特点就是这样：高谈阔论，却不采取行动。“首先看看事实，”桑迪·瓦杰斯先生坚持道，“必须要肯定我们在打破这扇门的这件事上做得是否完全正确。一扇没有打破的门，什么时候都可以把它打破。可是这扇门一旦打破后，就不好还原了。”

突然，楼上的门奇妙地自动打开了，他们惊奇地向上望，看见陌生人裹得严严实实地走下楼来。他那副过于大的眼镜瞪着人，比平时更乌黑，更没有表情。他一直盯着所有的人，僵硬而缓慢地走下楼来。他两眼直直地走过走廊，然后停住了脚步。

“往这儿瞧！”他说，大家的眼睛都朝着他戴手套的手所指的方向，看见一瓶菝葜，紧靠着地窖的门放着。然后他进入客厅，冲着他们的面，突然地把门迅速而猛烈地砰的一声关上了。

他们面面相觑，直到关门的余声消失，没有一个人说话。“如果这还不算闻所未闻、见所未见的话……”瓦杰斯先生说，把下半句话留在肚子里没说出来。

“我要进去问问，”瓦杰斯对霍尔先生说，“我要求他解释解释。”

要让房东太太的丈夫也同意叫陌生人解释一下还要个过程。终于，霍尔先生把门敲了敲，然后推开了门，刚说了声：“对不起……”

“见鬼去吧，”陌生人大吼一声，“滚，把门关上！”这次短暂的访问宣告结束了。

第七章 陌生人露出真面目

陌生人走进车马客栈客厅的时间大约在早晨五点半钟。他在自己的房里把门关着，窗帘垂着，一直待到将近中午时分。自从霍尔被斥退以后，谁也不敢再接近他。

整个一上午，他什么东西也没有吃。他拉了三次铃，第三次凶暴地拉个不停，但没人应铃而来。“他活该，让他见鬼去吧。”霍尔太太说。一会儿，传来了牧师家中失窃的零星消息，大家就把这两件事进行了联想。霍尔由瓦杰斯陪着去找地方法官舒克福思先生请求指点去了，谁也不敢上楼，但都想知道陌生人在干什么。只听他不时地来回走动，两次传出咒骂声、撕纸声，还听到一次玻璃瓶猛烈砸碎的声音。

这一小群胆小而好奇心重的人聚得越来越多了。赫克斯特太太过来了，一些快活的年轻人穿着黑色的夹克衫，戴着凸纹的纸领带——因为今天是降灵周星期一——也加入进来，糊里糊涂地东问问西问问，搅得一团糟。年轻的阿基·哈克与众不同，他跑到客栈的庭院里，试图在下垂的窗帘底下偷觑。他什么也没看见，却偏说他看到了。伊宾村其余的青年人也都马上跑过来跟他一起窥视。

往年的降灵周星期一都不像今天这样晴朗。沿街搭着十几个棚子，还有一个室内打靶场。靠着铁匠铺的草地上停了三辆褐色和黄色的马车。一些衣着新奇的男女，正在布置掷椰子球的游戏场。男的穿着蓝色毛衣，女的穿着白裙子，戴着羽毛蓬松的时髦帽子。紫鹿小饭店的伍迪厄和兼卖旧自行车的皮匠贾格斯先生正拉着一串英国国旗和皇家旗帜横挂在马路上空……

客厅里被遮得一片漆黑，只有一线阳光透进去。门关着，窗帘垂着。陌生人躲在屋里，样子十分可怕，看得出来，长时间的饥饿，加上浑身裹得严严实实的，使他又热又难受，他不得不透过深色的眼镜看他的文字材料来打发时间，要不然就把那些肮脏的小瓶碰得叮当响，还不时地对着窗口咒骂几声外面的男孩子。人们虽然看不见他，但能听到他的咒骂声。壁炉旁的墙角里，有摔破了的五六个玻璃瓶的碎片，空气中有氯气的刺鼻气味。当时我们所听到的以及随后在屋里所看到的就是这些。

中午时分，陌生人的房门突然打开了。陌生人站在门口，死死地瞪着旅店里呆呆地望着他的三四个人。“霍尔太太！”他喊了一声，口气非常不耐烦。于是就有人赶紧去叫霍尔太太了。过了不多一会儿霍尔太太来了，她有点气喘吁吁，因此看上去显得来势汹汹。她早已准备好如何应付这局面了，她托着个小托盘，里面是一张没有付款的账单。

“为什么不给我开早饭？铃响了也没听见？你以为我不吃也能活下去吗？”陌生人怒不可遏地说。

“为什么还不付款？你以为我的旅店是慈善机构，可以白吃白喝白住吗？”霍尔太太反唇相讥。

“三天前我就告诉你，我在等一笔汇款。”

“我在两天前就对你说过，我不打算等什么汇款。你才等了半天的早饭，而我却等了五天的账，你还有什么好抱怨的？你倒说说！”

陌生人清清楚楚地咒骂了一声。

“说话客气点！”有人过来打圆场。

“如果你把你骂人的话拿来骂你自己，先生，我倒要好好地谢谢你，先生。”霍尔太太说。

陌生人站在那里，看上去比以前更像一个发怒的潜水头盔了。这一回轮到陌生人讨好霍尔太太了。这一点在他下面的话里就听得清清楚楚。

“哦，好太太……”他开始说。

“别跟我来这一套！”霍尔太太说。

“我对你说过，我的汇款还没到。”

“汇款，什么汇款！”霍尔太太说。

“可是我敢说我口袋里还……”

“你两天前对我说过，除了一英镑的银子以外，你什么也没有了……”

“是的，可我又找到了些。”

“嗬！嗬！”这时有人发出了怪叫声。

“可我不明白，你是从哪儿找到的？”霍尔太太充满怀疑地问。这句话显然惹恼了陌生人，他用力顿顿脚说：“你这是什么意思？”

“我确实很奇怪。你的钱是从哪儿找到的？”霍尔太太丝毫不让步，她接着说，“在我给你结账、开早饭或者你还想叫我做什么之前，你必须先要回答我几个无法理解的问题，同时也是这里每个人都急于想要知道的事。我要知道你在我楼上的椅子里搞了什么鬼？今天早上是怎么回事？为什么你屋子是空的，你又怎么进去的？住在这所房子里的人都是从门里进来的，那是这所房子的规矩，而你不是从门里进来的，我要知道你究竟是怎么进来的。我还要知道……”

“住嘴！”陌生人愤怒地举起戴手套的手，握紧拳头跺着脚，那样子实在可怕，霍尔太太立刻就不做声了。

“看来你不知道我是谁，”他说，“也不明白我是什么人。好吧，我立即让你看看。”说着他张开手掌贴在脸上，然后又很快地缩了回来。天哪，他的脸中央变成了一个黑洞。“瞧这，”陌生人说着走向前，把一样东西递给霍尔太太。她正吃惊地注视着那张变了形的脸，不由自主地把东西接了过来。等到低头一看，她不禁尖声惊叫起来，慌忙把它扔在地上，身体跌跌撞撞地往后退去。瞧那鼻子，陌生人的红得发光的鼻子，正在地板上滚动。

接着他又摘下眼镜，不知想干什么，酒吧间每个人都吓得喘不过气来了。然后，他摘下帽子，挥舞着手，胡乱地去扯自己的胡须和脸上的绷带，有几分钟，大家呆呆地看着他这粗暴的举动，一种不祥的预兆笼罩了酒吧里的每个人。“啊，我的天哪！”有人喊了一声，霍尔太太吓得瞠目结舌，尖叫一声向外逃去。大家也都惊慌失措连滚带爬地下了楼梯，因为此时陌生人的假发、胡须和绷带全掉下来了，但它们并没有掉到地上，而是穿过走廊，一跳一跳地飘飞着。刚才还站在那里的一个语无伦次的怪人，转眼间他的衣领之上整个都没有了，什么也看不见了，成了一个没有脑袋的家伙。

村里的人听到狂喊尖叫，抬头往街上一看，只见人们从车马客栈里拼命地往外逃。他们看见霍尔太太摔倒在地，泰迪·亨弗雷为免摔倒在她身上，从她身上跳了过去。然后又听到米丽恐惧的尖叫声——她听到喧闹，赶紧从厨房出来，却一头撞在这个无头人的背上。

立刻，一路上所有的人——卖甜食的，掷椰子球游戏场的老板和他的助手，管秋千的业主，小男孩，小女孩，土里土气的花花公子，漂亮姑娘，穿罩衫的老头儿以及穿围裙的吉卜赛女人——都抬腿向客栈跑来。顷刻间，在客栈前奇迹般地围拢了大约四十个人而且人数还在增加，他们挤着，叫着，询问着，惊呼着，建议着，每个人都在抢着说话，结果是一片嘈杂声。有几个人把霍尔太太搀扶起来，她正处于虚脱状态。人群中一阵骚乱。还有一个目击者正大声说着一些令人难以置信的话。“哎哟，妖怪啊！”“他到底干了些什么？”“他伤了那姑娘了吗？”“我想他一定拿着刀追着要杀她。”“没有脑袋，我告诉你。我不是说他说话没有头脑，我是说他没有脑袋！”“胡说八道！这是变戏法。”“他解掉了缠脑袋的东西，他真是……”

为了从那扇开着的门向里窥视，人们挣扎着自动形成了一个默契，大家轮着去看陌生人的房间。“他刚才在那儿站了一会儿，我听见一个姑娘尖叫了一声，他就转过身去了。我看见她的裙子一闪他就跟在她后面走了。不到 10 秒钟，手里拿着一把刀和一块面包，他又回来了。站在那里好像在看什么。刚刚才发生的啊。后来他走进那个门里去了。我告诉你，他根本没有脑袋。没见到吧，你恰好错过了机会……”

人群后面乱了一阵，说话的人把话停下，闪在一旁，给一个坚定地向客栈进发的小分队让路。领头的是霍尔先生，他满脸通红，一副十分坚定果断的样子，后面是博比·贾弗斯，村里的巡警，再后面是胆小怕事的瓦杰斯先生。他们是带着传票的。

人们七嘴八舌地告诉他们刚才发生的情况，这些消息又互相矛盾。贾弗斯说："不管他有没有脑袋，我都得逮捕他，现在我就要逮捕他了。"

霍尔先生跨上台阶，直向客厅走去，发现客厅的门正开着。"警官，"他说，"执行任务吧。"

贾弗斯走了进去，霍尔走在中间，瓦杰斯走在最后。他们通过微弱的光亮看见那无头的人正面对他们，戴着手套，一手拿着一块啃过的面包皮，一手拿着一大块奶酪。

"就是他！"霍尔说。

"你们想干什么？"躯体的衣领上传来一声严厉的责问。

"你是个犯了罪的怪客，先生，传票上要抓的是你这个人，不管你有没有脑袋，公事公办……"贾弗斯大着胆子说，一面往后退。

突然陌生人把面包和奶酪使劲地往地上一扔转身要跑，而霍尔先生恰好及时把桌上的刀子抓在手上。陌生人把左手的手套脱了下来，刷的一下打在贾弗斯的脸上。贾弗斯中断了宣读传票的内容，一把抓住了他没有手的腕子，同时抓住了他那看不见的喉咙。贾弗斯的胫骨被猛地踢了一脚，疼得蹲在地上哇哇大叫，但他死也不松手。霍尔把刀子贴着桌面滑过去，传到瓦杰斯手中，瓦杰斯在这场进攻中，担任的相当于球门的角色。当贾弗斯和陌生人摇来晃去地打到他面前的时候，霍尔上前一步，也参与了战斗。一把椅子恰好挡着道，当他们一齐摔倒的时候，那把椅子也咔嚓一声，烂得粉碎。

“抓住他的脚！”贾弗斯的牙缝里挤出了一句。

霍尔先生正力图这样做时，肋骨上咚地挨了一脚，被踢得一时动弹不得。瓦杰斯看到那没有脑袋的陌生人已经翻身压在贾弗斯身上，手里还拿着刀，就向门口退去，正好碰在闯进来拯救法律和秩序的赫克斯特先生和锡德桥的马车夫身上。这时又有三四个瓶子从五斗橱上倒了下来，一股股刺鼻的气味弥漫在室内的空气中。

“我愿意投降。”陌生人无可奈何地喊道。虽然他已把贾弗斯压在身下，但是此时没有脑袋、没有手的怪身体气喘吁吁地站了起来——他现在已把右手的手套也脱了下来。“这是没有什么好处的。”陌生人生气地说。他说话的时候似乎还在大口喘气。听到话音从看不见的头颅的空荡荡的地方发出来，在场的人们全都毛骨悚然。可是苏塞克斯农民大概是天下最讲实际的人，于是贾弗斯也爬了起来，掏出一副手铐。

“我说……”贾弗斯刚要开口，就打住了，他本想给陌生人戴上手铐，但他立刻觉得这样做实际上已毫无意义。陌生人的手套都已脱去了，袖管里什么都没有，空荡荡的，根本无法戴手铐。

陌生人把胳臂伸到背心前面，说来简直令人难以置信，凡是他的空袖口所到之处，背心上的扣子就全都自动解开了。然后他嘀咕了几句有关他膝盖的事，弯下腰好像在摸索他的靴子和袜子。

“哎哟，”贾弗斯突然叫起来，“这根本不是一个人，只是些空荡荡的衣服。瞧，你可以一眼看到他衣领的下面和衣服的里面。我可以把我的胳膊伸进去……”

他说着果真伸出手去。可是，他好像在空中碰到了什么东西，便尖叫一声，把手缩了回去。

“把你的手拿开，别碰我的眼！”空中传出恶狠狠的警告声，“事实上我整个儿都在这里。头、手、脚和身体的所有部分，只不过你们看不见，我是隐身人，伊宾村的乡巴佬没有理由和我处处作对，对不对？”

随着这声音，人们所能看见的，确实是一套纽扣全解开了的宽松地挂在无形的架子上的衣服。瞧，这衣服自动站了起来，两条袖管口叉着腰。

其余一些男子也进了屋，房间里变得拥挤不堪。“隐身，是吧？”赫克斯特说，不理陌生人的辱骂，“谁听说过这种事情来着？”

“也许是很奇怪，但并不犯法呀。为什么这儿的警察要用这种方式来袭击我？”

“不，那是另一回事，”贾弗斯说，“毫无疑问，也许你没弄明白，我这里有一张传票，这是真的。我并不关心隐身法，我来是为了盗窃案。有一户人家的门被打开了，而且还丢了钱。”

“胡说八道，凭什么就认为是我偷的？”隐身人说。

“我也希望不是你偷的，先生。不过我是奉命而来的。”

“那就来吧，混蛋！我去，我去，但不戴手铐。”

“这是规矩。”贾弗斯说。

“不戴手铐。”陌生人坚持道。

“请原谅。”贾弗斯说。

隐身人说着坐了起来，人们还没弄明白这是怎么回事，只见拖鞋、袜子、裤子都已被踢到桌子底下去了，然后他跳起来，把上衣甩到一旁。

“快，快拦住他！”贾弗斯马上明白了隐身人要干什么，他连忙抓住隐身人的背心。背心挣扎着，不一会儿，衬衫从外面滑了下来，落在他手中的只剩下一件又空又软的背心。“抓住他！”贾弗斯大声喊道，“他一脱光衣服就不见了。”

“抓住他！”其他人也醒悟过来，一齐喊了起来，向那舞动着的白衬衫扑去。现在白衬衫是隐身人的唯一踪影了。

霍尔张开双臂向衬衫冲来，衬衫袖子照着霍尔的脸狠狠一击，把他打得倒退几步，栽进那教堂老司事图思森的怀里。不一会儿，那件衬衫被举了起来，它一面挣扎，一面空荡地舞动着袖子，就像一个人从头上脱衣服一样。贾弗斯一把抓住它，结果反倒帮忙把它扯了下来。接着，他在空中挨了一记响亮的耳光。于是他立刻抽出警棍，狠狠打了一棍，这一棍正好打在泰迪·亨弗雷的脑袋瓜上。

“当心！”人人都这么说，手忙脚乱地抵挡着，一面又胡乱瞎打一气。“抓住他！关上门，别让他跑了！我抓着什么东西了，他在这儿！”他们的喊叫形成了一首嘈杂的大合唱。似乎每个人都挨了揍。桑迪·瓦杰斯最识时务，他的鼻子猛然挨了一拳后，使他彻底清醒过来，他把门拉开，带头往外逃。其余的人见状也纷纷跟着他往外逃，片刻之间，都挤在门口，谁也出不去。屋里还不断有人挨揍。教徒菲普斯的门牙给打掉了，亨弗雷的耳朵软骨受了伤。贾弗斯的下颚上挨了一拳，当他转身时，在混乱的人群中他和赫克斯特之间撞到一样使他们没法靠拢的东西——他摸到一个肌肉发达的胸脯。于是，他张开双臂将那个无形的身体紧紧抱住，并大声喊道："我捉住他了！"这时激动地挣扎着的整个人群都冲到拥挤的门厅里来了。

"我捉住他了！"贾弗斯一面高喊，一面跌跌撞撞地喘着粗气从人群中钻出来，脸红脖子粗地跟他那看不见的敌人搏斗着。

这场光怪陆离的战争迅速地向门口卷去，沿着旅店门前的六级台阶翻滚而下，两旁的人们站不稳，左右摇晃。

贾弗斯终于占了上风，将隐身人压在身子底下，隐身人发出一种被勒得窒息的声嘶力竭的声音，可是贾弗斯的手还是紧紧抓住不放。贾弗斯尽力想用膝盖顶住那个看不见的人，可终于力不从心，又被隐身人翻过了身，将他压在身子底下，最后头朝下重重地摔倒在客栈外的沙砾地上，这时他才不得不松开了手。

人们激动地喊着："抓住他！""隐身人！"在场的一个不知姓名的小伙子冲了上去，伸手抓住了什么，但这东西随即从他手里滑开了，于是他一跤摔倒在地上的警察身上。马路中间，一个女人尖叫起来，好像碰到了什么东西。有一条狗被踢了一脚，吠叫着跑进赫克斯特的庭院里。就这样，隐身人走过去了。有一段时间，人们愣然地站在那里用手势比画着，后来就惊慌起来，好像一阵狂风吹散枯叶似的，向村里迅速地散开了。

可是贾弗斯却面朝天，双膝蜷曲一动不动地躺在客栈台阶底下。

第八章　在途中

第八章的篇幅特别短，说的是本区的一位业余博物学家吉宾斯。当时他正躺在开阔的高地上，以为方圆几英里以内没有别人。他几乎要睡着时，听到身旁有一个男人咳嗽和打喷嚏的声音，然后又是自言自语的恶毒的骂人声。他仔细观察，但什么也没有看见，可是这声音是绝对有的。咒骂声响个不停，从其用词之丰富、句式变化之多来看，可以肯定是一个有文化的人。这声音越来越响，然后小了点，逐渐在远处消失了，好像是朝着阿德丁的方向去了，忽然又响了一声痉挛般的大喷嚏声，接着就完全寂静了。吉宾斯没有听到当天上午发生的事，但这种现象太奇特，太扰乱人心了，他那平静的心境被打乱了，他急忙站了起来，匆匆走下陡坡，飞快地向村子走去。

第九章　托马斯·马维尔先生

你得这样来描绘托马斯·马维尔的尊容。他的脸表情丰富，鼻子像针筒那样又长又突，嘴巴好动又散发着酒气，胡子既硬又怪。他稍为有些发福，而短短的四肢更使他显得胖墩墩的。他头戴一顶丝绒帽子，衣服上好多扣子都用麻绳和鞋带来代替，甚至显眼的地方也是如此，说明他十有八九是个单身汉。

在离伊宾村约一英里半的去阿德丁方向的高原上，托马斯·马维尔先生正坐在路旁，双脚伸在沟里。他脚上只穿着一双破袜子，脚拇指很宽，并像竖起的狗耳朵似的向上跷着。他举止从容，做起什么事来也都从容不迫，悠闲自得。此时他正注视着一双绑带子的皮靴。这是他好久都没有碰到过的最结实的一双靴子了。可惜靴子太大了。另外一双靴子在干燥的天气里倒很合脚，但遇上潮湿的气候，靴底就显得薄了一些。托马斯·马维尔先生讨厌大靴子，但后来他又讨厌潮湿的天气，他压根就没弄清楚究竟他最讨厌哪一个。今儿个难得天气这么好，他又没什么事可做，就把四只靴子整整齐齐地排放在草地上，细细查看它们。他突然觉得放在青草和初生的龙芽草里的这两双靴子都难看得要命。当背后有人说话时，他也一点不吃惊。

“反正是靴子嘛。”那声音说道。

“别人给的靴子，”托马斯·马维尔歪着脑袋厌恶地说，“如果我知道哪一双是天下最难看的靴子的话，我就不是人。”

“哦。”那声音说。

“我还穿过比这更烂的靴子哩——事实上，我有时什么也不穿。可是也没有这样丑八怪的样子——请允许我用这样的词儿。我向人讨靴子已经讨了好几天了，因为这两双靴子我已穿腻了。当然，结实还是蛮结实的。可是一位流浪的先生在他的靴子上面居然这样命苦。你信不信，尽管我费尽心机，但在这该死的整个郡里，除了这两双靴子，我什么也没讨到。你看看这些靴子，一般来说，好郡的靴子应该也是好的，可是我偏偏倒霉。我在这个郡里讨了十多年的靴子了，而他们就这样对待我。”

“这个郡真可恶，”那个声音又响了起来，“人人都是猪狗不如！”

“可不是！”托马斯·马维尔先生应和道，“老天爷啊，瞧这些靴子！真是糟透了！”

他很快发现有点不对劲，于是掉过头向右肩望去，又转头朝左边看了看——身后空荡荡的，这时他才惊吓得醒过来。“喂，你在哪儿？”托马斯·马维尔一面回头说，一面连忙爬起来。身后的确什么也没有，除了一片旷野，只有针叶形的绿色金雀丛在远处随风摇晃。

“是我喝醉了吗？”马维尔先生说，“我刚才是在做梦吗？难道是我在自言自语吗？怎么——”

“别害怕。”一个声音说道。

“你别跟我耍嘴皮子，”托马斯·马维尔先生说着就跳起身来，“你在哪儿？真是吓死人！”

“别害怕。”那声音又说道。

“一会儿就要轮到你来害怕了，你这个笨蛋，”托马斯·马维尔先生说，“你在哪儿？你快出来让我看看你是什么样儿的，你快出来好吗？”

“你该不会是地狱里的鬼吧？”过了一会，托马斯·马维尔先生又说道。

没有回答。托马斯·马维尔先生靴子也没穿，惊愕地站着，他的短上衣都快掉下来了。

一只田凫在远处叫着。

“田凫，真是田凫在叫！”托马斯·马维尔先生说，“这不是开玩笑的时候。”高地上渺无人烟，两旁有浅沟和白色标桩的那条南北向的平坦大道上空空荡荡的。除了田凫，蓝天上也是一无所有。“上帝保佑，”托马斯·马维尔先生边说边把外衣又拽到肩膀上来，“准是喝醉了，我知道。”

“不是喝醉了，不是。”那声音说道，“你要镇静些。”

“哎哟！”马维尔先生说。他的脸上除了几块斑，全都苍白了。“喝酒喝的。”他的嘴唇无声地重复着。他还在四处张望，并慢慢地转过身来。“我听到有人说话，我敢发誓。”他低声自语道。

“你当然听到了。”

“又来了。”马维尔先生说着闭上眼睛，竭力驱散脑中的种种杂念，用一种悲惨的姿势，手捧住额头。突然，有人揪住他的领子，猛然地晃动起来，使他从来没有像现在这样晕过。“别傻了！”那声音说道。

“我——疯——了！”马维尔说，“天哪，准是我那些倒霉的靴子，搞乱了我的好脑袋。要不然准是我见鬼了。”

“都不是，”那声音说道，“听着！”

“一定是我疯了！”马维尔先生说。

“等一等！”那声音提高许多，听起来有些激动，似乎是在努力克制着自己，声音有些发颤。

“怎么？”托马斯·马维尔先生说着，他突然感到好像有一只手指按在他的胸前。

“你还能是别的什么吗？”马维尔搔搔自己的后脑勺说。

“很好，”那声音缓和下来，“那么我就用石头砸你，试试能不能改变你的看法。”

“可是你在哪儿？”

那声音没有回答。嗖地飞来一块小石子，显然是从空中来的，差点打在马维尔先生的肩上。他刚一转身，看见又一块小石子跳到空中，曲曲弯弯地绕着圈子，悬空停了片刻，突然迅速地向自己的脚上打来。他大吃一惊，躲闪不及，小石头“呼”的一声打在一只光脚趾上，然后弹跳到沟里去了。

“哎哟！”马维尔先生跷起一只脚，哇哇大叫地跳着。然后他拔腿就跑，却被一个无形的障碍物绊倒，摔了个倒栽葱，就势坐在地上。“现在，你还说我是你的什么幻觉吗？”第三块石子又曲曲弯弯地升在空中，悬在流浪汉的头顶。

马维尔先生想要回答，挣扎着站起来，可是立刻又滚倒在地，他一动不动地躺了一会儿。“要是你再挣扎，”那声音说，“我就用石头砸你的脑袋。”

马维尔先生手里握着受伤的脚趾，眼睛盯着第三块飞石，讷讷地说：“我真弄不明白，石头自己会说话，算了吧，我投降。这一切究竟是怎么回事？”

第三块石头于是落了下来。

“很简单，”那声音说，“我是个隐身人。”

“我不明白，”马维尔先生说，痛得直喘，“请告诉我，你藏在哪儿？你怎么能做到这一点的？我不明白，我都糊涂了。”

“就这样，”那声音说，“我是隐身人。这是我要你理解的。”

“这一点无论是谁都懂，你用不着这么不耐烦，先生。那么，请你跟我讲讲，你怎么藏起来的？”

“你们看不见我，这是关键的一点，要你理解的就是这一点。”

“可是你在哪儿呢？”马维尔插嘴道。

“这儿！在你前面六码的地方。”

“哎呀，得啦！我又不是瞎子，待会儿你又会说你只是稀薄的空气了。我又不是一个无知的流浪汉……”

“是的，我就是稀薄的空气。你看东西的时候，已经透过了我的身体。”

“什么！难道你没有躯壳吗？只是声音和……瞎扯淡，是不是？”

“我是个人——有血有肉，要吃要喝还要穿……但是我是隐身人。你明白不，隐身人，道理很简单，就是看不见的人。”

“真的吗？”

“是的，一切都是真的。”

“把手伸过来。”马维尔说，“假如正像你说的那样，假如它不是奇形怪状的……天哪，你怎么握得这么紧，你把我捏得简直要跳起来了。”

他用另一只闲着的手，摸了摸捏着自己手腕的那只手，他又小心翼翼地顺着胳膊摸上去，摸到一个强壮的胸膛，还摸到一张长满胡子的脸。马维尔不禁惊恐万分。

“太奇怪了！”他说，“我能隔着你看见半英里以外的一只兔子，却一点都瞧不见你，真是太奇妙了……这对于孤陋寡闻的我来说，实在是够奇怪的了……只是……”

他敏锐地观察那显然一无所有的空间。“你吃过面包和奶酪吧？”他问道，一面握着隐身人的手臂。

“不错。还没有消化掉。”

“啊！”马维尔先生说，“像一个幽灵似的。”

“当然这一切没你想象的那么奇妙。”

“对于我那不太过分的欲望来说，已经是够奇妙的了。”马维尔先生说，“你到底怎么搞的，你是怎么弄成这个样子的？”

“说来话长，以后再慢慢告诉你。”

“我跟你讲，这整个事情简直把我搞糊涂了。”马维尔先生说。

“现在你务必听我说，我需要帮助，我不幸落到这种地步，突然遇见了你……”

“你要知道我光着身子，什么也做不成……我正走投无路，愤怒得发狂，我想杀人……正在这个时候我看到了你，你正是我所需要的人……”

“天啊！”马维尔先生说。

“我走到你背后——犹豫了一下——就走开了。”

马维尔先生脸上的表情丰富极了。

“然后我停住脚。我对自己说，这儿有一个无家可归的人，跟我一样，这正是我所需要的人。因此我又转身回来找你——你，而且……”

“天哪！”马维尔先生说，“我越听越糊涂了。我能不能问问，这是怎么回事？——你这个隐身人，你需要什么帮助呢？”

“我要你帮我搞些衣服，找个住的地方，还有，我好久没有这些东西了。如果你不答应……那么……不过你会答应的……你必须答应。”

“瞧，”马维尔先生说，“你把我吓坏了，别再摆布我了，放我走吧。我得镇静一下。你差一点把我的脚指头砸碎了。一切都是那样不可思议。一无所有的高地，空旷的天空，除了大自然的胸怀，方圆几英里都看不到人烟，然后来了一个声音，从天而降的声音，还有石子，接着又是一只拳头。老天爷啊！”

“振作一下吧！”那声音说道，“现在你必须照我的吩咐去做。”

马维尔绷着脸，眼睛睁得又圆又大。

“我已经选定你了，”那声音说道，“除了那边那几个傻瓜，只有你才知道有隐身人这种事。你得做我的助手，帮助我——我会给你很多的好处。一个隐身人就是一个有力量的人。”他猛地打了个喷嚏，不得不暂停一下。

然后又接着说：“假如你敢出卖我，假如你不按我的指示去办……”

他停了下来，在马维尔先生的肩上拍了一下。马维尔先生立刻惊恐地尖叫起来。“我不想出卖你，”马维尔一边说，一边躲开那些看不见的手指，“无论做什么，都别这样，我所要做的一切，就是帮助你——只要你告诉我该做什么。（老天爷啊！）无论你想干什么，我都愿意帮你的忙。”

第十章　马维尔先生访问伊宾

最初的一阵惊慌过去之后，伊宾村的人们仍在议论纷纷。怀疑论突然抬头——更确切地说是一种摇摆不定的怀疑论，虽然完全不了解它的内情，但毕竟还是怀疑。要不然相信有隐身人存在的事那就容易多了；真正看到他变得无影无踪，或者试过他臂力的人，实在是屈指可数。而在这些目击者中，瓦杰斯先生现在已不在场，他把他家的门牢牢闩上，插销插上，在家躲起来了。贾弗斯则不省人事地躺在车马客栈的客厅里。脱离现实的想象往往不及细小的看得见摸得着的实际东西有影响。伊宾村彩旗高挂，喜气洋洋，人人都穿着节日的盛装。降灵周星期一这一天已经盼了一个多月了。到了下午，那些刚刚从隐身人的恐怖中摆脱出来的人，又开始娱乐起来。他们假设隐身人早已走了，并猜想他只是跟大家开个玩笑。所有的人——不管信不信——在接下来的一天里都特别和蔼可亲。

黑斯门的草地上一片欢乐的景象。草地上的帐篷里，邦廷太太和其他妇女正在沏茶。帐篷外，副牧师和卡斯小姐、萨克小姐正在叽叽喳喳地指导主日学校的儿童赛跑和做游戏。无疑一种很不自在的气氛依然存在，但是人们多半都想把心中的恐惧隐藏起来。村里的草坪上斜挂着一根绳子，抓住绳子下端的一个滑轮把手，便可以让人用力推着撞到对面的沙袋上，青少年都喜欢这个游戏。这和秋千以及掷椰子球一样颇受青年人的欢迎。在草坪上他们还可以骑马兜风。那只气风琴连接着旋转的木马，使空气中充满着刺鼻的油味和刺耳的音乐。早晨去教堂的俱乐部成员，佩戴着红绿色的徽章，看上去十分漂亮。一些寻欢作乐的人用鲜艳的蝴蝶结把他们的圆礼帽装饰起来。透过窗户四周的茉莉花或者通过开着的门，无论从哪一个角度都可以看到那位认真过节的弗莱彻老头儿。他正站在用两把椅子架起的板条上，灵巧地维持着平衡，正在粉刷他前屋的天花板。

下午四点钟左右，另一个陌生人从高地来到村子里。他身材矮胖，戴着一顶旧的皮绒帽，走得气喘吁吁。他斑斑点点的脸上显出担心的神色，他轻快的步子也有一种勉强的样子。他在教堂附近拐了个弯，才绕道向车马客栈走去。除其他许多人以外，弗莱彻老头儿后来也记得当时曾看见过他。陌生人那异样的不安的神情引起了这位老先生的注意，以至于在注视这个人的时候，他刷子上的白粉浆全都流到他衣袖里去了，可他还茫然不觉。

从掷椰子球场的观察来看，这位素不相识的人似乎一边走路一边自言自语。赫克斯特先生也同样注意到了这一点。这个人在车马客栈台阶下停止了脚步，犹豫了好一阵子，才下定决心走进客栈里去。他终于走上了台阶。赫克斯特先生看到他向左一拐打开了客厅的门。赫克斯特先生听到屋里和酒吧间那儿有人在告诉他走错了。

“出去，这间屋子不准外人进去！”霍尔说道。于是这个陌生人笨拙地关上门，走进酒吧间去了。

几分钟以后，他又出现了，用手背抹了抹嘴唇，摆出一副怡然自得的样子。而赫克斯特先生不知怎么觉得这是装出来的。他东张西望地站了一会儿，然后鬼鬼祟祟地向庭院大门走去，那客厅的窗户正朝着庭院。这个人犹豫了一会儿以后，就倚在门柱上，掏出一根陶土制的短烟斗来装烟。装烟时，他的手指有些发抖。他笨拙地点燃烟后，就抱着胳膊，开始无精打采地抽起烟来，但是他偶尔急速地朝院子看的神情，却与吸烟时的神情完全不同。他时而朝院子里迅速地瞥上几眼，这跟他那副懒相很不相称。

赫克斯特先生从卖烟窗口的罐子上头把这一切看在眼里。这个人的古怪的举止，使他继续观察下去。

一会儿，这个人突然站起身来，把烟斗放进衣袋，进入院子就不见了。赫克斯特确信自己瞧见了小偷，立刻纵身跳过柜台，跑到路上准备拦截小偷。正在这时，陌生人又出现了。他帽子歪戴着，一手拿着一个蓝色桌布裹着的包袱，一手拿着三本捆在一起的书——后来证实，这几本书是用牧师的吊裤带捆的。他冷不防地看见赫克斯特，不禁倒抽了一口气，就急转向左，开始奔跑。“来人哪，抓小偷！”赫克斯特一边高喊捉贼，一边在后边穷追不舍。赫克斯特先生的感觉很敏锐，但相当短暂。他看见那家伙在他前面很近，正向教堂拐角处和高地的马路飞奔。他看见村中的旗帜和远处的庆祝活动，可是只有一两个人把脸转过来看他。他又喊“抓小偷”，勇敢地向前追去。可追赶了十来步，他的小腿突然被什么东西神秘地缠住了。这时他已不是在跑，而是在空中以不可思议的速度飞驰着。他看见自己的脑袋离地面愈来愈近，当他的脑袋与地面相撞的瞬间，他眼前突然飞出成千上万颗流星，令他眼花缭乱。至于后来吧，他便茫然不知了。

第十一章　在车马客栈里

要想弄清楚客栈里到底发生了什么事，就必须追溯到陌生人（马维尔先生）首次出现在赫克斯特先生窗口的那个时刻，恰好在那个时刻卡斯先生和邦廷先生都在客厅里面。他们郑重其事地研究着早上发生的一切事，而且在霍尔的允许下，正在彻底检查隐身人的东西。摔昏过去的贾弗斯已经略为清醒，并由他的好几个好心朋友把他送回家去了。陌生人散落的衣服已被霍尔太太拿走了，屋子也已经收拾过了。在窗户前面那张陌生人平时工作用的桌子上，放着三大本厚厚的笔记本。卡斯一下子就找到了上面标有“日记”的三个手抄本。

“日记！”卡斯先生兴奋地将三本册子拿了起来大声说道，“从这些日记里我们总能发现一些情况吧。”牧师站在那里，手放在桌上。

“日记！”卡斯又说了一遍，一边坐了下来，用两本支着第三本，把它翻开，“哼——衬页上没有名字。讨厌，全都是些密码，还有数字。”

牧师走过来，在他肩后看着。

卡斯一页一页地翻着，脸上忽然显得失望起来。“我是——哎呀！全都是密码，邦廷。”

“没有图解吗？”邦廷问，“没有插图给些启示？”

“你自己看看，”卡斯先生说，“有些是数字，有些是俄文，有些还是希腊文，希腊文嘛我想你……”

“那当然，”邦廷先生说，拿下眼镜擦了擦，突然感到非常不自在——因为他的脑子里希腊文已所剩无几了，“是的——希腊文，可以提供一些线索。”

“我给你找一段。”

“我还是先翻看一下这些笔记本。”邦廷先生还在擦眼镜，“先有个总的印象，卡斯，然后我们可以再来找找线索。”

他咳了一声，一本正经地戴上眼镜，又咳了一声，希望发生什么事情来避免那看来是不可避免的丢丑。他从容不迫地把卡斯递给他的那个笔记本接过来。这时事情果然发生了。

门突然开了。

两个人都大吃一惊，回过头，看见一个满脸长满红斑，头戴皮绒帽的男子站在门口，这才放下心来。“这里是酒吧间吗？”那人问，眼睛不停地四下张望。

“不是。”两个人同时回答。

“在那边，朋友。”邦廷先生说。“请把门关上！”卡斯先生不耐烦地说。

“那我走了。”不速之客说，嗓音低沉。奇怪的是这嗓音和他原来问话的沙哑声大不相同。“行啦，”他仍用那低沉的嗓音说，“躲开！”于是关上门就不见了。

“我看是一个水手，”邦廷先生说，“一些有趣的家伙。‘躲开！’真是的。我想这是一种航海术语，表示他回来又离开房间了。”

“我看也是，”卡斯说，“我的脑袋今天有点糊涂了，门这么一开——我吓得跳起来了。”

邦廷先生笑了笑，好像他刚才没有被吓得跳起来似的。“那么，”他叹口气说道，“这些书……”

“等一下，”卡斯说，他走过去把门锁上，“我想现在我们不会被打断了。”

他去锁门时有人抽吸了一下鼻涕。

“有一点是无可置疑的，”邦廷先生把一张椅子拉到卡斯的椅子旁边，“就是近几天内在伊宾确实发生了几件怪事——非常奇怪。我当然不相信隐身术那类荒唐的故事。”

“确实让人难以置信。”卡斯说，“难以置信。可是事实上我真见到了——我确实是一直看到他的袖子里头去了的……”

“可是难道你——你能肯定吗？……比如说，会不会是一面镜子呢……幻觉是很容易产生的。我不知你是否见过一个技术高超的耍魔术的……”

“我不想再跟你争论这个问题，”卡斯说，“这个问题我们已经研究解决了，邦廷。现在正好这儿有几个笔记本。啊！这里有些文字，我认为是希腊文，肯定是希腊文。”

他指着一页的中间。邦廷先生有点脸红，把脸凑近了一些，好像他的眼镜有些不好使。突然，他脖子后面有一种奇怪的感觉。他想抬起头，却碰到阻力，一动也不能动。他感到的是一种奇怪的压力——一只结实而有力的手掐在他的脖子后头，把他的下巴无可抗拒地按到了桌面上。“别动，你们这两个小人，”那声音低沉地说，“要不然我就砸碎你俩的脑袋！”卡斯老实了，他偷偷看了旁边的邦廷一眼，只见他和自己一样吓得面如土色。

“恕我无礼，”那声音说道，“可是我也是迫不得已。”

“你们竟然敢偷看一个研究者的私人备忘录，不要命了吗？”那声音说，这两个人的下巴同时撞在桌子上，牙齿撞得格格作响。

“你们什么时候学会侵犯一个不幸者的私人空间的？”又撞了一下。

“他们把我的衣服放到哪儿去了？”

“听着，”那声音说道，“窗户都关紧了，门上的钥匙我已取下来了。我是个相当强壮的人，除了隐身术，我手上还有一根拨火棍。只要我愿意，我可以立即把你们打死，然后一走了之，这毫无疑问——明白吗？如果我放了你们，你们能否保证按我的指示去做，而绝不干蠢事呢？”

牧师和医生面面相觑。医生的脸上一副可怜相。“我答应。”邦廷先生说，医生也跟着重复了一遍。于是两个人脖子上的压力放松了。两个人坐了起来，都是满脸通红，还不停地扭动着自己的脑袋。

“请你们坐着别动，”隐身人说，“这儿就是拨火棍，看见了吗？”

“当我走进这房间的时候，”隐身人用拨火棍分别在两个来客的鼻尖上一点，接着说，“我没想到屋里居然有人，我原以为能找回我的几本备忘录，还能找到一套衣服。衣服在哪儿呢？不——别起来。我知道衣服不在了。现在这种天气，白天很暖和，一个隐身人不妨赤身裸体跑来跑去——可是晚上却很冷。”

第十二章　隐身人大发脾气

由于某种伤脑筋的原因，本文叙述到这里不得不遗憾地再次打断，而这些原因读者很快就会明白的。当这些事情正在客厅里进行的时候，赫克斯特先生正在监视着那位靠着门柱抽烟的马维尔；霍尔先生和泰迪·亨弗雷先生正在距离不到十二码的地方，疑惑不解地议论着伊宾村那唯一的话题。

突然，客厅的门被猛烈地撞了一下，一声尖叫，然后——一片安静。

“嗨！”泰迪·亨弗雷说。

“嗨！”酒吧间里面也有人说道。

霍尔先生对事情理解得慢，但很肯定。“这不对头。”他边说着边从酒吧间柜台后面绕过向客厅走去。

他和泰迪神情紧张地走近门前。从他们的眼睛里可以看出他们有心事。“出事了。”霍尔说，亨弗雷点头同意。他们闻到一阵令人难受的化学药味，还听到一阵说话声，声音压得很低，很轻，但很急促。

“没出事吧，先生？”霍尔一边敲门，一边问道。

那低声的谈话声突然停了下来，一阵沉默，然后又开始说话，但已像嘶嘶的耳语了。然后听到一声尖叫：“不，不，你办不到！”突然一阵忙乱，一把椅子倒了下去，一阵短暂的搏斗，接着又安静了。“究竟出了什么事？”亨弗雷低声惊叫道。

“没——出——事——吧，先生？”霍尔先生又机警地问道。

牧师用一种古怪的声调断断续续地回答道：“没——事。别——插嘴。”

“奇怪！”亨弗雷先生说。

“奇怪！”霍尔先生说。

“他说，别插嘴。”亨弗雷说。

“我听见了。”霍尔说。

“还抽了一下鼻子。”亨弗雷说。

他们正在听着。屋里的说话声又轻又急促。“我不能，”邦廷先生说，嗓门提高起来，“我告诉你，先生，我不干。”

“他说什么？”亨弗雷说。

“他说他不干，”霍尔说，“不是对我们说的，是不是？”

“真丢人！”邦廷先生在屋里说道。

“‘真丢人’，”亨弗雷先生说，“我听得清清楚楚。”

“现在谁在说话？”亨弗雷问。

“我想是卡斯先生，”霍尔说，“你听得见——什么吗？”

屋外一片寂静。里面的声音乱糟糟的，听不清楚。“好像是扔桌布的声音。”霍尔说。

霍尔太太出现在酒吧间后面。霍尔做了个手势，让她别出声地过来。这反而使霍尔太太摆出老婆的架子来。“你在那儿听什么呢，霍尔？”她问道，“今天这么忙，你就没有别的事好干吗？”

霍尔想用做鬼脸和打手势来说明一切，可是霍尔太太却无动于衷，她反而大着嗓门说话。于是霍尔和亨弗雷只好垂头丧气地踮着脚尖回到酒吧间，做着手势向她解释。

开初她根本不想了解他们听到的事情。后面她就叫霍尔闭嘴，让亨弗雷一个人把情况告诉她。她觉得这一切都是扯淡——恐怕他们只是在搬动家具。“我听见他说‘真丢人’，我真的听见了。”霍尔说。

“我也听见了，霍尔太太。”亨弗雷说。

“可能——”霍尔太太开始说。

“嘘！”泰迪·亨弗雷先生说，“我好像听见开窗户的声音。”

“什么窗户？”霍尔太太问。

“客厅的窗户。”亨弗雷说。

每个人都站着细听。霍尔太太的眼睛正好看着前面，心不在焉地看着六月的阳光把客栈前门照得亮晃晃的，马路反射着强烈的白光，赫克斯特的铺面晒得起了漆泡。赫克斯特的门开了，赫克斯特紧张地瞪着眼，挥舞着手臂，从铺子里跑了出来。“来人啊！”赫克斯特喊着，“抓小偷啊！”他斜着跑过马路，向庭院门口奔来，然后就一下子不见了。

与此同时，从客厅里传来一阵喧闹声，还有关窗户的声音。

霍尔、亨弗雷，还有酒吧间里所有的人都立刻乱哄哄地冲到街上来了。他们看见一个人迅速地转过教堂的拐角，向高地的那条马路飞奔而去。而赫克斯特先生一个前空翻动作，他的脸部和肩部先碰到地上，沿街的人有的惊慌地站着不动，有的向他们奔来。

赫克斯特先生摔得昏过去了。亨弗雷停止脚步，发现了霍尔和两个从酒吧间出来的工人边跑边喊着不连贯的词句，都立刻冲到教堂拐角处，还看见马维尔先生消失在教堂的拐角处。他们突然荒唐地想到，肯定是隐身人显形了，然后又突然不见了。于是他们立刻沿着小巷追下去。可是霍尔先生还没有跑上十二码，就惊叫一声，头朝前地摔在一边。他一把抓住旁边的一个工人，结果连这个工人也跟着摔倒在地。他所受到的袭击正像在足球比赛中被人绊倒一样。另一个工人绕了个圈子跑过来，瞪着大眼，以为霍尔是自己摔倒的，转身正要继续朝前跑，结果也跟赫克斯特一样，脚腕被绊倒了。当第一个工人挣扎着站起来的时候，又被一拳打到一旁去了，那力气足可以踢倒一头公牛。

他摔倒在地的时候，从村中草坪的方向冲过来的人已经跑到拐角处来，为首的是一个穿着蓝色短衣的壮汉——掷椰子球游戏场的老板。他惊奇地看到小巷中有三个男人滑稽地趴在地上，然后他后面的一只脚绊到了什么东西，他就头朝前地滚到了一边，恰好把他哥哥和伙伴的脚绊住了。而这两个人又遭到后来赶来的许多急性人的脚踢和咒骂，有些人又压过来摔在这两个人的身上。

当霍尔和亨弗雷以及工人们跑出房子的时候，有过多年经验教训的霍尔太太仍坚守在紧靠钱箱的柜台边。突然，客厅门开了，卡斯先生跑了出来。他没看霍尔太太一眼，就立刻冲下台阶向教堂拐角奔去。“抓住他，”他叫道，“别让他扔掉那个包裹！只要他拿着包裹，就看得见他。”他根本不知道还有个马维尔，因为隐身人在院里已把笔记本和包裹递给马维尔了。卡斯先生的脸上显出又愤怒又坚决的神情，可是他的衣冠却不整齐——他围着一条白色的软围裙，大概只有希腊人才适合穿。“抓住他！”他大声喊道，“他拿走了我的裤子——还扒光了牧师的所有衣服。”

“快去照顾一下牧师！”他跑过趴在地上的赫克斯特身边的时候对亨弗雷喊道。他刚转过教堂拐角加入喧闹的人群中来，就立刻被打倒在地，来了个嘴啃泥。有人飞速地跑过，重重地踩在他的手指上。他痛苦地呻吟了一声，挣扎着站起身来。但是又挨了一拳，四脚朝天地摔倒在地上。他这才意识到他并不是在参加追捕，而是被卷入了一场溃退之中。人人都在往村子里奔逃。他又站了起来，但耳朵后面却又重重地挨了一拳。他随即摇摇晃晃地向车马客栈走回去，途中他跨过赫克斯特的身子，此刻赫克斯特在地上刚刚才坐起身。

当卡斯走到客栈台阶的半中间的时候，在人们混乱的叫声中，他听到身后突然响起一声愤怒的叫喊，然后又听到有人在挨耳光的声响。他听出了是隐身人的声音，他那声音像是一个人挨了一拳痛得发狂而发出的。

卡斯先生这时已经回到客厅来了。“他回来了，邦廷！”他冲进来说，“你自己留神吧，他发疯了！”

邦廷先生正站在窗口，想用壁炉前的地毯和一张西萨里报纸把自己裹起来。“谁回来了？”他问，他吓得差一点把报纸“衣服”

都撕破了。

"隐身人！"卡斯先生说，同时冲到窗口，"我们最好从这儿溜掉。他打架打红了眼！红了眼了！"

卡斯一下子跑到院子里了。

"天哪！"邦廷先生处于进退两难的恐怖选择中间，犹豫不决地说。他听到客栈走廊里有一阵可怕的搏斗声，于是下定了决心。他爬出窗口，匆匆地整理了一下他的"服装"，然后迈着他那两条小胖腿，飞快地向村里逃去。

从隐身人愤怒地大叫时起，邦廷先生在村里做了一次难忘的遁逃，此刻是不可能把伊宾村发生的事连贯地加以叙述了。也许隐身人的初衷只是掩护马维尔带着衣服和笔记本撤退，可是因为偶然挨了一拳，他那向来就不是很好的脾气，就疯狂地发作了。他拳打脚踢把人掀翻在地，只不过是为了满足他伤人的欲望。

伊宾村的街道上，到处是奔跑的人，到处是一片砰砰关门声，大家都在你抢我夺地寻找安全的地方，你可以想象，混乱的人群突然冲到弗莱彻老头儿用一块木板和两把椅子搭起来的不稳当的架子上，会造成的灾难性的后果。你还可以想象，一对在秋千上的情侣突然遇到这种情况时会是何等的惊恐。骚乱的浪潮完全过去以后，高悬着彩带和旗帜的伊宾街上，满地都是椰子、推倒的帐篷和撒落的糖果。除了余怒未消的隐身人，街上已经冷冷清清，空无一人。到处都是关窗和闩门的声音。唯一看得见的便是在窗玻璃的角落匆匆掠过的惊慌的眼睛。

隐身人发泄了整整三个多小时，把车马客栈的窗玻璃全都打得粉碎，又把一盏路灯从格里布太太家的客厅窗户扔了进去，然后切断了希津斯村庄旁边的通往阿德丁的电报线路，神不知鬼不觉地离开了冷冷清清的伊宾村。从此以后在伊宾村人们再也听不到他的声音，看不见他的影响，再也感觉不到他的存在，他完全消失了。

一直过了两个钟头左右，伊宾人才敢胆怯地打开窗户，冒险来到伊宾街上，窥视这支离破碎的景象。

第十三章　马维尔先生要求辞职

天色渐渐地黑了下来，伊宾村的人们又开始胆怯地回顾银行休假日这一天发生的破坏性灾难。这时，在通往布兰伯赫斯特的路上，有一个又矮又胖的人，戴着一顶破旧的丝绒帽，躲在榉树林后面，迎着暮色吃力地向前走着。他手里拿着三本用一条精致的松紧带扎在一起的笔记本和一个用蓝色桌布裹着的包袱。他脸色通红，显得又惊恐又疲乏，步子快一阵慢一阵地向前走着。有一个并非他自己的说话声跟着他，一双看不见的手摸他一次，他的身子就瑟缩一下。

“你要是再从我这儿溜走，”那声音说道，“你要是再打算从我这儿溜走……”

“天哪！”马维尔先生说，“我肩膀上已经全都是伤了。”

“你要是再想溜走，”看不见的隐身人说，“我发誓，我就打死你。”

“不敢不敢，”马维尔战战兢兢地说，“我没有想溜走呀，我赌咒，我只不过不知道有那么一个该死的拐角就是了！我怎么知道有那么一个该死的拐角呢？再说，我已经挨过揍了……”

“你好好听着，要不然你还要挨揍，揍得更重。”

于是马维尔先生马上不出声了。他把两腮吹得鼓鼓的，眼睛里全是失望的神色。

“就因为你拿着书被人家截住了，所以才让这些坏事的乡巴佬把我的秘密捅穿了。真是糟糕透了。有些人拼命跑开了，算是便宜了他们……本来这里没有人知道我是隐身人！现在叫我怎么办？”

“叫我怎么办？”马维尔低声说。

“到处都传开了，还会登在报纸上！人人都会追寻我，人人都提防着……”那声音变成一阵清晰的咒骂，然后就停住了。马维尔先生脸上的失望神色更加深了，他的步子也减慢了下来。

“走快点。”那声音说。

马维尔先生的脸上除了红斑，全都变成灰白色了。

“别把书掉在地上，笨蛋！”那声音严厉地说道，跨步超过马维尔先生。

“事情已到了这个地步，我只能利用你……”那声音说，“你不过是一个不中用的工具，可是我必须利用你。”

“我是一个可怜的工具。”马维尔说。

“你确实是说的实话。”那声音说。

“我是你能找到的最糟糕的工具了。”马维尔说。

“我身子不壮。”他沉默了一会，然后沮丧地说道。

“我身子不太壮。”他又说了一遍。

“不壮？”

“我的心脏比较弱。这点小事——我当然坚持得过来了。可是，上帝保佑啊！我有可能倒下去的。”

“什么？”

“要办你那些事，必须要有胆量和力气，可是我没有。”

“我会鼓励你的。”

“希望你别鼓励。你知道，我不愿搞乱你的计划，但是纯粹由于惊慌和痛苦啊，我可能会搞乱你的计划。”

“你最好别这样。”那声音语气坚定地说。

“但愿我现在死了就好了。”马维尔说。

“这是不公平的，”他又说道，“你必须承认……我以为我完全有权利……”

“走快点。”那声音催促道。

马维尔先生加快了步伐，他们又沉默地走了一会儿。

“太难啦。”马维尔先生说。

没有什么反应。他又另生一计。

“干这种事我能得到什么好处呢？”马维尔满腹委屈可怜兮兮地说。

“你给我住嘴！”那声音突然提高，叫人听得简直心惊肉跳，“我会好好关照你的。你必须按我说的去做，你会做得好的。你是一个傻瓜，但你一定会做得好……”

“我告诉你，先生，我不是做这种事的人，这太……”

“你再不闭嘴，我又要拧你的手腕了，”隐身人说，“我要动脑子想一想。”

不久，有两道黄光从树里透射出来，暮色中隐隐呈现出一所教堂的方塔。“走过村子的时候，我要把手放在你的肩膀上，”那声音说，“直接穿过去，别干蠢事，否则你会更倒霉的。”

“我明白，”马维尔先生叹了口气说，“我全都明白。”

这个满面愁容的流浪汉，戴着一顶破旧的皮绒帽，提着包袱，走过村庄街道，绕过灯火明亮的窗户，在愈来愈浓的夜色中消失了。

第十四章　在斯多港

第二天上午十点钟的时候，人们发现风尘仆仆、未经盥洗的马维尔先生，正坐在斯多港郊区一家小客店外边的长凳上。他满面愁容，一副神经过敏的难受样子，频频地把两腮吹得鼓鼓的，双手深深地插在衣袋里。那几个本子现在用绳子捆着，放在他的身旁。隐身人改变了计划，已经把那个包袱扔在布兰伯赫斯特外面的松树林里了。马维尔先生坐在长凳上，虽然根本没有人注意他，可是他的神情仍然十分紧张。他的双手老是神经质地在几个衣袋里摸来摸去。

他坐了将近一个小时以后，有一个上了年纪的水手，拿着一张报纸，从小客店里出来，坐在他身旁。

"天气真不错啊。"水手说。

马维尔先生紧张地看看四周，应和道:"的确是很不错……"

"正好碰上一年中这个季节的好天气。"水手用一种不容置疑的口气说。

"的确是啊。"马维尔先生说。

那水手拿出了根牙签，说了一声对不起，便专心地剔起牙来，剔了好几分钟。同时他的眼睛却随意地打量马维尔先生的脏相和他身旁的笔记本。刚才他走近马维尔先生的时候，听到硬币落进口袋的声音。这种富裕有钱的迹象和马维尔的外貌太不相称了，以至于他感到很惊讶。然后，他心里又转到了一个老问题上去了，这个问题一直顽固地盘踞在他的脑子里，摆脱不掉。

“是书吗？”他啪的一声折断牙签，突然问道。

马维尔先生吃了一惊，看看那些本子。“噢！是的，”他说，“是的，是书。”

“书里面准有些特别的东西吧！”水手说道。

“你说得对。”马维尔先生说。

“书的外面也有些特别的东西吧。”水手说。

“不错。”马维尔先生说，他看了对方一眼，又看了看四周。

“譬如报纸上就有些特别的东西。”水手说。

“确实有一些。”

“就在这张报纸上。”水手说。

“啊？”马维尔先生说。

“有一条新闻，”水手说道，眼睛有意地盯着马维尔先生，“譬如一条关于隐身人的新闻。”

马维尔先生歪过嘴来搔搔腮帮子，觉得他的耳朵发起热来。“他们还打算写些什么呢？”他有气无力地问，“在奥地利还是在美国？”

“都不是，”水手说，“就在这儿。”

“天哪！”马维尔先生吃惊地说。

“我说这儿，当然不是指这地方，”水手说着，马维尔先生的紧张神色大大缓和了下来，“我意思是指在这儿附近。”

“一个隐身人！”马维尔先生说，“那么，他干了些什么事呢？”

“什么都干，”水手用眼睛观察着马维尔，然后大声说，“什么样的——该死的——什么都干！”

“我已经四天没有看报了。”马维尔说。

“伊宾村是他突然出现的地方。”水手说。

“真——的？”马维尔先生说。

“他在那儿突然出现了。可是好像没有人知道他从哪儿来的。你看，就是这一段:《伊宾怪事》。报上说证据特别确凿。”

“天哪！”马维尔先生说。

“这真是件骇人听闻的新闻。有一个牧师和一个医生亲眼见过他……见他一切都好，也挺规矩的——或者是至少没有把他看出来。报上说，他住在车马客栈，好像没有人发觉他的不幸，后来在客栈里发生了一次争吵。报上说，他头上的绷带扯下来了，这时才发现他的脑袋是看不见的。他们马上要抓他，报上说，他脱光了衣服逃走了，不过在逃跑前还拼死搏斗了一番。报上说，在搏斗中他把我们能干有为的警察贾弗斯先生打成了重伤。一篇相当真实可靠的新闻，是不是？有名有姓，什么都不缺。”

“天哪！”马维尔先生说，神经过敏地看看四周，一面还用手摸索着计算着他衣袋里的钱，脑子里装着一种新奇的念头，“这段新闻真令人吃惊。”

“是吧，我管它叫特别。从前从没有听说过隐身人，我是没有听说过，可是现在，居然能听到那么多的特别的事情……”

“他只干了这些？”马维尔故作镇静地问道。

“够多的了，不是吗？”水手说。

“没有找机会再回去？”马维尔问，“只是逃跑了，就完了，是吗？”

“完了！”水手说，“怎么——还不够吗？”

“太够了。”马维尔先生说。

“我认为够了，”水手说，“我认为够了。”

“他有没有同伙——报上没有说有同伙吗？”马维尔先生着急地问。

“你还嫌一个不够吗？”水手问，“可以说是谢天谢地，他没有同伙。”

说到这里，水手略微停了停，继续说道：“一想到这家伙在四处乱跑，我就觉得不舒服！既然他现在还逍遥法外，从某些迹象可以推测，他已经——我想他们的意思是——向斯多港来了。想想吧，他会干些什么？要是他喝醉了酒，想找你麻烦，你怎么办？假如他想抢劫，又有谁能阻挡得住？他可以到处乱闯，可以偷，可以轻而易举地从一群警察中穿来穿去，就像你我躲开一个瞎子一样，甚至还要容易些！——我听说瞎子的听觉非常敏锐。不管什么地方都有他想喝的酒。”

“反正他有极大的有利条件，”马维尔先生说，“那么……”

水手说得口干舌燥，停下来喝了口水。其间马维尔先生一直专注地观察自己的四周，倾听最轻微的脚步声，试图发现有什么看不见的动作。他似乎已经到了做出某种重大决定的紧要关头。他用手捂住嘴咳嗽了一声。

他又看看四周——倾听了一会，然后弯下身，低声对水手说：“跟你说实话吧，我恰巧知道一些关于隐身人的事情。是从别人那里听来的。”

“噢！”水手说，“你？”

“是啊，”马维尔先生说，“我。”

“真的！”水手说，“我想问问……”

“你会大吃一惊的，”马维尔先生用手捂着嘴说，“了不得呀。”

“事实是这样的。”马维尔先生压低声音，用极机密的口吻说起来。

才开始说，突然，他的表情奇怪地改变了，显出非常痛苦的神情。“哎哟！”他叫着，从凳子上直挺挺地站起身来。从他脸上的表情看得出来，他的身体正遭受到某种痛苦的折磨。“哎哟！”马维尔哼着。

“怎么啦？”水手关切地问。

“牙痛。”马维尔先生说，把手放在耳朵上，接着他抓起身旁那几本笔记本，“我想我得走了。”

说完，他古怪地沿着凳子似乎故意绕开对方走了。

“可是你正要告诉我关于隐身人的事呀！”水手提醒道。

“骗人的勾当。”一个沙哑的声音说。

“是个骗人的勾当。”马维尔先生又说了一遍。

“可这是登在报上的啊。”水手说。

“也是骗人的勾当，”马维尔说，“我熟悉那个造谣的家伙。根本就没有什么隐身人……哎哟！”

“那么这张报纸是怎么回事？”水手问，“你的意思是说……”

“一句也不可信。”马维尔一口咬定。

水手被弄得糊涂了，手里还拿着报纸。他看见马维尔先生痉挛地把头转来转去。“等一等，”水手站起身来慢慢地说，“你的意思是说……”

“我的意思就是这样。”马维尔先生说。

“那么你干吗让我把这一切该死的东西都说给你听？你这样捉弄我，到底是什么意思？”

马维尔先生把两腮吹得鼓鼓的。这个水手的脸突然变得通红，他握起双拳。“我在这儿说了整整十分钟，”他说，“可是你，你这个大肚皮的小子，蒙着人皮的兔崽子，一点规矩也没有……”

“别跟我顶嘴。”马维尔先生说。

“顶嘴，我好心好意地……”

“过来。”一个声音说道。马维尔先生突然把身子转了一圈，用一种时快时慢的古怪步子向前走去。“你最好滚。”水手说。“谁滚？”马维尔先生说。他歪着身子向后退去，步子急促而古怪，有时向前猛烈地颠簸一下。沿路走了一段以后，他开始含糊地独自说起话来，抗议着什么，诉说着什么。

“混蛋。”水手说，把腿分得开开的，双手叉腰，看着那远去的身影，“我要叫你看看，你这个笨蛋，想要骗我！报上登着呢！”

马维尔先生断断续续地回着嘴，退到路拐弯的地方就不见了。可是那水手在马路当中神气地站着，直到一辆屠夫的车子过来，他才让开。他回身向斯多港走去。“尽是些特别蠢的家伙，”他轻声自言自语道，“就想把我压下去——这就是他的鬼把戏——报上登着呢！”

不久，他就听到他近旁发生的另外一件特别的事。那就是在圣·米凯尔巷的墙角有人看到整把整把、整沓整沓的钱，凭空浮起，敏捷地躲开人们凑上前来的眼睛，沿着墙壁和僻静的地方，安然而迅速地溜走了。有一个水手同事在那天一大清早看到了这种奇异的景象，他立即抓住了钱，却被打倒在地。当他站起来的时候，这些像蝴蝶一样飞舞的金钱已经不见了。我们的这位水手宣称他本是个容易相信别人的人，但这种情况实在是有点令人难以置信。然而，后来他又重新考虑起这怪事来了。

飞钱的消息是确实的。附近各处，甚至雄伟庄严的皇家银行公司，从那一天起那些由于阳光灿烂而把大门敞开的店铺客栈的钱柜，整把整把、整沓整沓的金钱浮到空中，并且贴着墙壁和阴暗的地方，敏捷地躲过人们追随的目光，不声不响地溜跑了。虽然没有人跟着它，可是那些钱经过一段神秘的飞翔，总是落进那位戴着老式丝绒帽，焦虑不安地坐在斯多港郊区小客栈外边的先生的衣袋里。

第十五章　奔跑着的人

俯瞰着伯多克的小山上矗立着一座观景楼。肯普医生在傍晚的时候正坐在这座楼的书房里。这是一间舒适的小屋，北面、西面、南面都有窗户，书架上摆满了书和科学刊物，一张宽大的写字台，北窗下面放着一台显微镜，还有一些玻璃涂片、精密仪器、细菌培养器和零散的化学药瓶。虽然夕阳的余晖还很明亮，而且由于不怕外人偷窥而无须放下窗帘，肯普医生还是点了灯。他是一个瘦长的年轻人，浅黄色的头发。他希望他所从事的工作能使他得到皇家学会学员的资格。在他的心目中，这是很高的地位。

现在他的眼睛转悠着，从他手里的工作看到对面山上那正在闪耀的落日。他坐在那里，嘴里衔着铅笔，欣赏山冈上金光灿烂的景色，大约有一分钟光景。后来，有一个小小的漆黑的人影引起他的注意，这个人正越过山顶，朝他这里跑来。那人身材矮小，头戴顶高帽，两腿迅速移动着，跑得极快。

"又是一头蠢驴，"肯普医生说，"就像今天早晨在拐弯的地方喊着'隐身人来了，先生'而一头撞在我身上的那头蠢驴一样。我真不明白，这些人见到什么鬼了。人家以为我们还在十三世纪哩。”

他站起身来，走到窗口，注视那黝暗的山坡和那奔下山坡的小矮个子。“他似乎十分惊慌焦急，”肯普医生说，“可是他似乎在挪着前进，如果他衣袋里装满了铅，他的步子也不会比现在更沉重吧。”

“冲啊，先生！”肯普说。

一会儿以后，从伯多克延伸到山上的那些小房子就把那奔跑着的人给遮没了。但待一会儿又可以看见他了。他在三所分开的房子之间，时隐时现了三次，然后一道斜坡把他遮没了。

“蠢驴！”肯普医生一面转过身子走回桌前，一面说道。

可是在近处看见这个亡命者的人们（因为他们自己正在露天的马路上），看到了他布满汗水的脸上那副恐惧的惨相，就不可能有医生那种轻蔑之感。在他奔跑的时候，那沉重的脚步使他身上发出叮叮当当的响声，好像颠荡着一个满满的钱袋一样。他张大的眼睛目无旁顾地直瞪着山下，那里燃着灯，街上挤满着人。他那丑陋的嘴大张着，唇上布满白沫，沙哑地大声喘息。他所经过之处，人人都停下脚步，去张望那条马路和高地。他们隐约地感觉到他那样惊惶焦急的原因，因而不安地相互询问着。

一会以后，在远远的山上，有一只在路上玩耍的狗吠叫起来，躲到门底下去了。当他们还有疑惑的时候，一个什么东西——一阵风——一种啪、啪、啪的像喘气的声音——从身旁冲过去了。

人们尖叫起来，从人行道跳开。人们呼喊着，不由自主地跑下山冈。在马维尔离他们还有一半路的时候，他们就在街上叫喊着了。一听到消息，他们就逃回屋里，砰地关上房门，插上门闩。马维尔听到以后，就拼命地做了最后的一次冲刺。恐怖来到了。恐怖已经冲到马维尔的前面。恐怖立刻笼罩全城。

“隐身人来了！隐身人！”

第十六章 在快乐的板球手客栈里

快乐的板球手客栈坐落在小城山脚下电车轨道起点的地方。酒吧间的伙计把他那红红的胖胳膊靠在柜台上，同一个贫血的马车夫讨论着马经，而一个蓄着黑胡子的人，身穿一身灰色的衣服，吃着乳酪饼干，喝着伯坦啤酒，正用一口美国腔，同一个已经下班的警察在那里聊天。

“外面在嚷些什么？”贫血的马车夫突然扯到题外，从客栈下半截窗户那又黄又脏的窗帘上面向山上张望。外面有人跑了过去。“也许哪儿失火了。”伙计说。

一阵沉重的脚步声由远而近，突然客栈门被猛地推开，马维尔冲了进来。他哭泣着，头发乱蓬蓬的，帽子不见了，外套领子也被撕开了。他痉挛地转过身子要去关门，可是门上有一条带子，只能半掩半开。

“来了！”马维尔颤抖地尖叫着，“他来了！隐身人来了，救救我，快救救我！他在追我。”

“把门都关上，”警察说，“谁来了，吵什么？”他走到门口，解开带子，砰地关上了门。那个美国人把另一扇门也关上了。

“让我到里边去，”马维尔一面说，一面摇摇晃晃地哭着，手里还抓着那几个本子，“让我到里边去，把我锁起来，哪儿都行，我告诉你，他在追我，我是从他那儿逃跑出来的。他说他要杀我，他会的。”

“你是安全的，”黑胡子说，“门关好了。究竟发生了什么事？”

“让我到里边去吧。”马维尔恳求道，他的话音未落，那扇关着的门被撞得震动起来，吓得他又尖叫起来。接着是一阵急促的敲门声，外面还有人在喊叫。“喂，”警察喊道，“是谁啊？”马维尔先生把墙上的嵌板看成了门，就向嵌板疯狂地钻过去。“他会杀我的——他有一把刀子还是什么的，看在上帝面上！”

“这儿，”那伙计说，“到这儿来。”他把柜台板掀了起来。

外边又在叫门的时候，马维尔先生已经冲到柜台后面。“别开门，”他尖叫道，“求求你别开门，我该躲到哪儿去呢？”

“那么，这就是隐身人了？”黑胡子问道，他把一只手放到身后，“我想现在大概是见见他的时候了。”

突然，外面有人把客栈的窗子打碎了。街上有一声尖叫和来回奔跑的声音。警察站在长椅上，伸着脖子张望，看看门外到底是什么人。他跨下椅子的时候，还在抬着眉头。“就是那个。”他说。马维尔先生现在已被锁在饮酒厅里了。那伙计站在那扇门前，注视着被打碎的窗户，然后绕到另外两个人那儿去。

突然一切都静下来了。“我要是带着警棍就好了，”警察说着，犹豫不决地走向门口，“我们把门一打开，他就进来了，什么东西也不能阻挡他了。”

“你别忙着去开门。”贫血的马车夫着急地说。

“把门闩拉开，”黑胡子说，“如果他进来……”他晃了晃手上的左轮手枪。

“那不行，”警察说，“那会犯谋杀罪。”

“我知道我在干什么，”黑胡子说，“我只打他的腿。把门闩拉开。”

“别在我背后开枪。”伙计说，一面在窗帘上面探头张望。

“好吧。”黑胡子说。他准备好左轮手枪，便弯下腰来，自己动手拉开门闩。伙计，马车夫和警察都转过身来。

“进来。”黑胡子用一种低沉的声调说，同时向后退了几步，面朝着那已拉开门闩的门，手枪拿在身后。没有人进来，门还是关着不动。五分钟以后，当另一个马车夫把脑袋伸进门来的时候，他们还在那里等着哩。这时，一张焦急不安的脸凝视着饮酒厅的外面，说着有关的消息。“所有的房门都关了吗？”马维尔问道，“他正在转着圈子，偷偷地来回寻找呢。他像魔鬼一样狡猾。”

“老天爷！”壮实的伙计说，“还有门没关呢！去看看那几扇门吧！我说！……”他看看四周，可是没有人帮助他。饮酒厅的门砰地关上了。他们听见锁门的声音。还有庭院的门，还有便门。那庭院的门……

他冲出酒吧间。

不到一分钟，他就回来了，手里拿着一把切肉刀。“庭院的门是开着的。”他说，他那肥胖的下嘴唇耷拉下来。“他现在可能已经在这所房子里面了！”原先的那个马车夫说。

“他不在厨房。”伙计说，“那儿有两个女人，我用这把小切肉刀把厨房的一个个角落都捅过了。她们也认为他没有进来过，她们已经留神了……”

“你把庭院的门关上没有？”原先的那个马车夫问道。

“我太忙了。”伙计说。

黑胡子把枪收回原处。正在这时，柜台板突然搭了下来，咔嗒一声插上了插销。当时饮酒厅的门扣砰的一声巨响，那扇门就猛然冲开了。他们听到马维尔像一只被擒的小野兔一样地尖叫，于是他们马上爬过柜台去救他。黑胡子开了一枪，饮酒厅墙上的穿衣镜噼啪地开了花，裂成碎片，哗啦地掉在地上。

那伙计进屋的时候，看见马维尔古怪地扭着身子，在那扇通往庭院的厨房的门那儿拼命地挣扎着。那伙计还在犹豫的时候，门已经被撞开，而马维尔也被拖到厨房去了。听到一声尖叫，盘子也稀里哗啦地响了起来。头朝下的马维尔被强行拖着直往后退，一直拖到厨房门口，门闩已经拉开了。

此时，原想赶到伙计前面去的警察也冲了进来，身后跟着那个马车夫。警察抓住那只拖着马维尔领子的看不见的手腕，可是他脸上挨了一拳，不禁踉跄后退。门开了，马维尔疯狂地挣扎着想在门后站住脚。

这时，马车夫抓住了什么东西。“我抓住他了，”马车夫说。那伙计通红的双手也抓住了那看不见的东西。“他在这儿呢！”伙计说。

被松开的马维尔一下子跌倒在地上。人们在门边撕打起来。马维尔想爬到他们脚后面去。当警察踩在隐身人脚上的时候，隐身人刺耳地喊了一声——这是第一次听到他的声音。接着，隐身人又拼命大叫，他的拳头像打谷子的连枷一样在空中挥舞。马车夫突然大叫了一声，蜷缩起身子，往隔板下踢去。从厨房通往饮酒厅的门猛然关上了，这就掩护了逃命的马维尔先生。这时厨房里的人发现他们正同乌有的空气撕打。

“他跑到哪儿去了？”黑胡子叫道，“出去了？”

“这边来。”警察说着，走进庭院，停下来。

一片瓦从他脑袋旁边呼的一声飞了过去，把厨房桌上的一个陶罐砸烂了。

“我要给他一点儿厉害瞧瞧！”黑胡子叫道。突然一支钢枪管在警察的肩膀上面闪烁着。于是五颗子弹，一颗接一颗地向着瓦片飞来的方向，射进傍晚的昏暗中去。黑胡子在开枪时，把手横着划了一个弧形，因而他的枪弹就像车轮的辐条一样，发射到窄小的庭院中去了。

随后一阵寂静。“五颗子弹，”黑胡子说，“太精彩了，百发百中。谁去把灯拿来。来吧，用手摸摸，寻找他的尸体吧。”

第十七章　肯普医生的客人

肯普医生一直在书房里写作。枪声惊动了他。砰、砰、砰，一声接一声地响着。

“嘿！”肯普医生说。他把笔衔在嘴里，一面仔细地倾听着。“谁在伯多克开枪呢？现在这些蠢驴又在干什么呢？”

他来到南边的窗口前，把下半截窗户推了上去，探出头去俯视城镇夜间的那些鳞次栉比的窗户，成串成串的煤气灯、屋顶庭院的阴影和参差不齐的店铺。“山脚下好像聚着一群人，”他说，“就在快乐的板球手客栈附近。”他继续观看着。后来他的视线越过城镇，转到船灯闪烁、码头通明的远处——稍有亮光的一座小巧玲珑的建筑像一颗放射着黄色光芒的宝石。西山上面挂着新月，星星清晰而明亮，几乎像是在热带似的。

大约有五分钟的时间，他的心飞到未来社会的远景中去了，忘却了时间概念。他一声叹息，清醒了过来，又把窗户拉下，回到了写字台那儿。

在这以后大约一小时，前门响起了铃声。自从枪响以后，他写作起来就比较迟钝，有时甚至心不在焉。他坐着细听。他听到女仆去开了门，他等着，却听不到她上楼的脚步声，她没有上来。“这是怎么回事？”肯普医生说。

他想重新开始工作，可是不行。于是，他站起身来，从书房走下楼去。他在楼梯口拉了一下铃。当女仆来到下面门厅的时候，他扶着栏杆问道：“是送信的吗？”

这么晚了怎么会有人送信呢？准是哪个捣蛋鬼按的铃。

“今天晚上我有点心神不安。”他自言自语道。他回到了书房，这次他决心努力工作一番。一会儿以后，他开始埋下头来写东西。房间里只有滴答的钟声和鹅毛笔写字时发出的柔和的声音。桌上灯光光圈的中心投射出他在奋笔疾书的身影。

肯普结束他的工作的时候，已经是深夜两点钟了。他站起来打了个呵欠，就下楼去睡觉。他刚脱下外套和衬衣，忽然觉得有点口渴。于是拿了一支蜡烛，下楼到餐厅去找苏打水瓶子和威士忌。

肯普医生所从事的科研工作，使他成为一个观察力极敏锐的人。当他穿过大厅走回来时，发现楼梯下那块擦脚垫旁边的漆布上有一个深色的斑点。他上楼后，忽然想起漆布上的那个斑点。它可能是什么呢？显然某些下意识的因素在起作用。他立即转过身来，手里还拿着东西，回到大厅，把苏打水瓶子和威士忌放下，弯下腰去仔细检查。他发现它的黏性和颜料都像一摊快要干的血，但他并不吃惊。

他又拿起东西走上楼去，一面东张西望，一面琢磨着那滴血的由来。当他走到门边时，不禁惊讶得停住了脚步——他的卧室的门把手也沾满了血。

他看看自己的手，很干净。他想起他从书房里下来的时候，房门一直是开着的，他根本没有碰过门把手。他直接走进卧室，他那敏锐的目光一下子就注意到床上。他的眼光搜寻到床上。被褥上也有一摊血，床单被撕破了。刚才他进屋的时候因为他直接走到梳妆台那儿去，并没有注意到这一点。床的另一头的被褥深凹着，好像有谁刚刚在那儿坐过。

这时他清楚地有一种古怪的感觉，接着他听到有人在大声说话："老天爷！——肯普！"可是，肯普医生不相信上帝会说话之类的说法。

他站在那里，注视着乱七八糟的床单。真有一个说话声吗？他又向四周看看，可是除了这张凌乱的而且染上血迹的床铺以外，没有别的东西值得注意啊，这时他清楚地听到有人穿过房间，走到脸盆架边。"有鬼！"肯普医生全身神经顿时绷紧起来。他关上门，走到梳妆台前面，放下手中的东西。他刚抬起头，不由得吓了一跳，只见自己和脸盆架之间有一卷染着血迹的绷带悬挂在半空中。

他惊愕地注视着它。它是一卷空绷带——包扎得很规范，但里面却是空的。他本来要上前去抓它，可是什么东西碰了他一下，他就停住不动了。有一个声音贴近他身旁开始说话。

"肯普！"那声音说道。

"嗯？"肯普咧着嘴应道。

"别害怕，肯普，"那声音说，"我是一个隐身人！"

肯普紧盯着绷带不知所措，重复道："隐身人。"

"我是一个隐身人。"那声音又说了一遍。

就在当天早晨肯普还竭力嘲笑过的事情，现在涌进他的脑海里来了。真没想到，隐身人居然是真的！但肯普医生是个学过科学的人，从不信鬼神。他努力使自己振作起来。他并没有表现出极端恐惧或大为惊奇的样子。一时还没反应过来。

"我以为那全都是造谣。"他说。他一心想的还是早晨那场反复的争论。"你包扎了你的伤口吗？"他问道。

"包扎了。"隐身人说。

"喔！"肯普说，然后鼓舞着自己。"我敢打赌，"他说，"这是无稽之谈。是一场鬼把戏。"他突然上前一步，向绷带伸出手去，却碰到了看不见的手指头。

他马上缩了回去，脸色立刻变了。

"这是真的，肯普，我急切地需要帮助。别动！"

那只手握住肯普的胳膊。他打了它一下。

"肯普！"那声音叫道，"肯普！镇定！"手握得更紧了。

肯普疯狂地想要挣脱出来。缠着绷带的那只手抓住了肯普的肩膀。他突然被绊了一下，被扔到后面的床上。他张嘴要叫，却被床单角塞住了嘴巴。他被隐身人无情地压在身底下，但他的胳膊还能自由活动，于是他拼命地乱打乱踢起来。

"理智一些，行不行？"隐身人说，他的胸部虽然一再被打，可是还压在肯普身上，"天哪，你马上要使我发疯了。"

"躺着别动，你这个笨蛋！"隐身人在肯普耳边咆哮道。

肯普又挣扎了一会儿，就躺着不动了。

“你要是喊，我就把你的脸打烂。”隐身人把塞在肯普嘴里的东西拿掉的时候说。

“我是个隐身人。这并不是荒唐事。我真是个隐身人，而且需要你帮助。我不想伤害你，可是你的行动如果像一个疯狂的乡巴佬的话，那我就不客气了。你不记得我了吗，肯普？大学同学里的格里芬。”

“让我坐起来，”肯普说，“我就坐在这儿不动。让我安静地坐一会儿。”

他坐了起来，摸了摸脖子。

“我是你大学同学格里芬，我把自己变成隐身人了。我是一个普通的人——你认识的人——只是使自己隐身罢了。”

“格里芬？”肯普说。

“是的，格里芬，”那声音回答道，“一个比你小的大学同学，六英尺高，身体很强壮，得过白化病，眼睛红红的，脸色总白里透红，还得到过化学奖章。”

“我想起来了，”肯普说，“我想起来了。这跟格里芬有啥关系？”

“我就是格里芬。”

肯普思索了一下，说：“是什么样的魔法使你变成隐身人？”

“这不是什么魔法，完全是我发明的一种合情合理的科学方法……”

“真可怕！”肯普说，“这怎么可能？”

“是够可怕的。我是受了伤，又痛又累……天哪！肯普，你是个男子汉。镇定一些。给我一点吃的喝的，让我在这儿坐一坐。”

肯普注视着屋里移动着的绷带，然后看见一把藤椅在地板上被拖了过来，放在床旁边。藤椅吱嘎一声，坐垫就凹陷了大约四分之一英寸的样子。他擦擦眼睛，又摸了摸脖子。“这比捉鬼还要有意思。”他说着便傻笑了起来。

“这样就好了。谢天谢地，你现在明白道理了！”

“我更糊涂了。”肯普说，揉了揉眼睛。

“给我一点威士忌。我快要死了。”

“我看不至于。你在哪儿呢？天哪！我要是起身的话，会不会撞到你身上呢？好吧，威士忌……在这儿，我在哪儿把它递给你呢？”

椅子吱嘎一声，肯普觉得杯子从他手里给拿开了。他勉强让它从手里离开，这是完全违反他的本能的。杯子停留在椅座前边上方二十英寸的地方。他困惑地瞪着它。“这是——肯定是——催眠术。所以我觉得你存在，却看不见你。”

“胡说！”那声音说。

“简直不可理喻。”

“听我说。”

“今天早晨，”肯普开始说，“我得出结论说：隐身术是……”

“不管你说过什么！我现在饿得很哩，”那声音说，“对一个什么也没穿的人来说，这夜晚也确实太凉了。”

“吃的拿来了！”肯普说。

盛着威士忌的酒杯自己歪了过来。“喔，”隐身人说，啪的一声放下酒杯，“你有睡衣吗？”

肯普轻声感叹了几句，就向衣柜走去，拿出一件暗红色的睡袍。

“这件行不行？”他问道。柔软的睡衣从肯普手中滑了出去，自行散开后在半空中挂了一会，然后直挺挺地竖着，规规矩矩地扣上纽扣，最后竟大模大样地在他的椅子上坐了下来。“要是有衬裤，袜子，拖鞋就舒服了，”隐身人粗鲁无礼地说，“当然还得有吃的东西。”

“什么都会有的。不过我这辈子从没遇上过像今天这样荒谬的事情。”他从抽屉里翻出这几样东西交给这个人，然后下楼到贮藏室里去找食物。拿了些冷肉片和面包回来，又拉过一张轻便的桌子，把这些东西摆在隐身人面前。“用不着刀子。”客人说，一块肉片悬在半空中，同时发出咀嚼的声音。

“隐身术！”肯普说，在一把椅子上坐下。

“我吃东西的时候，喜欢用东西遮挡着，这是我的习惯，请别介意。”隐身人含糊地说着，他的嘴正塞得满满的，贪婪地嚼着。

“放心好了。”隐身人说。

“在世界上最离奇古怪的事情之中……”

“正是。奇怪的是我竟会闯到你家来包扎。我第一次走运了。”他接着说，“不管怎样，今晚我得在这间屋里睡觉。我中了那个该死的警察用枪射出的子弹，流的血，把你的屋子弄得很脏，这让你很讨厌，是吗，那边有一大摊，我知道这是因为凝结起来才看得出来。我只改变了生命的细胞组织，而且只有在我活着的时候才有效……我进屋快三个小时了吧？”

“可是这一切到底是怎么回事？”肯普带着愤怒的口气说，“我无法理解。我是说整个事情——彻头彻尾地不合情理。”

“相当合理。”隐身人强硬地说，“完全合乎情理。”

他伸手拿了威士忌酒瓶。肯普看着那件暗红色睡衣在一个劲地狼吞虎咽。烛光穿透睡衣右肩上一个撕破的口子，照射到左边肋骨下面。形成一块发亮的三角形。“干吗要开枪？”肯普问道，“怎么会开起枪来的？”

“有一个笨蛋——就算是我的同伙吧，该死的！——他想偷我的钱，而且已经到手了。”

“他也是隐身的吗？”

“不是。”

“那么？”

“在我和盘托出之前，能不能再吃一些东西？我又饿又痛，可是你还要我讲故事。”

肯普站起身来。“你没有开枪吧？”他问。

“不是我，”隐身人说，“有一个我从来没有见过的人瞎开枪。许多人害怕了。他们都害怕我。该死的！我说——还要吃东西，肯普。”

“我去看看楼下还有什么可吃的，”肯普说，“恐怕不多了。”

酒足饭饱以后，隐身人要了一支雪茄。肯普还没有找到一把刀，他就粗鲁地把雪茄头咬掉了。雪茄外面的烟叶松开时，他咒骂了几句。当他抽烟的时候，奇迹出现了：他的口腔和喉咙、咽喉和鼻孔全都显形了，活像一副腾云驾雾的模型。

“谢谢你的雪茄，”他一面说，一面使劲地向外喷烟雾，“肯普，你必须帮助我。真想不到刚才还跟你摔跤来着。我目前的处境十分险恶……我想我已经发疯了。我经历过多少艰辛啊！可是我们还能干点事的。我告诉你——”

他自己又倒了一些威士忌和苏打水。肯普站起身来，看看四周，然后从他的小套间找来一只杯子自己用。“够乱的——可是我看我可以喝一点酒。”

“这十多年来你倒没有太多的变化，肯普。你们上等人是不太会变的，永远是又冷静又顺当的。”隐身人伤感地说，“我们一起合作吧！”

“可是这到底是怎么回事？”肯普说，“你怎么会变成这样的呢？”

“哦，看在上帝的分上，让我安安心心地抽一会儿烟吧，抽完再告诉你。”

但是当天晚上他并没有讲他的故事。隐身人的手腕愈来愈痛，他有些发烧，而且筋疲力尽了。他老是想着他在山下追人的情况以及在旅店附近的搏斗。他开始讲他的故事，但是讲着讲着就偏题了。他断断续续地讲到马维尔，更使劲地抽着烟，嗓门也变得怒气冲冲的。肯普尽量地设法理解他所说的一切。

“他是怕我的——我看得出来，”隐身人反复说着，“他打算从我这儿溜走——他一直在寻找机会，我多傻呀！那个狗杂种！我气疯了。我应该杀死他……”

“你哪儿来的钱？”肯普突然问道。

隐身人沉默了一会儿。“今天晚上我不能告诉你。”

他突然呻吟起来，身体前倾，用看不见的手支撑住看不见的头，昏昏欲睡。“肯普，我已经有三天没有睡觉了，顶多打了一个小时左右的瞌睡。我需要马上睡觉。”

“好吧，那就睡吧。就在我屋里——就在这间屋子里睡好了。”

“可是我怎么能睡呢？如果我睡了——他就要跑掉了。呸！有什么关系？”

“枪伤怎么样？”肯普突然问道。

“没什么——只是擦伤，出了点血。噢，天哪！我好困啊！”

“睡吧！”

隐身人似乎在观察肯普。“我特别不喜欢被我的同伙抓住。”他慢吞吞地说。

肯普吃了一惊。

“我真是个傻瓜！”隐身人狠狠地捶了一下桌子，“我反倒提醒你了。”

第十八章 隐身人睡觉

尽管隐身人已经筋疲力尽，而且身上负伤，他还是不肯轻信肯普保证他安全的诺言。他检查了卧室的两扇窗户，拉起百叶窗，推开窗子，看看是否像肯普所说的那样，可以从窗户逃走。室外的夜晚静悄悄的，新月悬在高地上空。他又检查了卧室的锁和更衣室的两扇门，觉得他的自由安全更多了一层保障。于是他表现出满意的样子。他站在壁炉前的地毯上，肯普听到呵欠声。

“对不起，”隐身人说，“今天晚上，我不能把我所做过的事情全都告诉你了。我太累了。这些事当然很离奇。很可怕！但请相信，肯普，这些事却是能够办到的，尽管你今天早晨还争辩过呢。我有了一项新发明。本来我打算自己一个人保守机密的。可是不行。我必须有一个合作者。而你……我们是可以一起来干的……但要等到明天了。肯普，现在我觉得如果再不睡觉，我就要死了。”

肯普站在屋子中间，注视这个穿着衣服的无头人。“看来我必须离开你了，”他说，“真是——不可思议。像这样把我的见解全部推翻的事要是发生三件，我就会变成疯子了。可居然是真事！我还能为你做什么事吗？”

“只有祝我晚安了。”格里芬说。

“晚安。”肯普说着，握了握那只看不见的手，侧着身子向门口走去。突然那件睡衣迅速地向他移过来。“请理解我！”睡衣说，“别打算跟我捣乱，别打算抓住我！否则……”

肯普的脸色有点变了。“我想我已经对你许下诺言了。”他说。

肯普随手把门轻轻关上，这扇门就立刻在他面前锁上了。他满脸疲乏和惊讶地站着。这时候，一阵迅速的脚步声又到了更衣室门前，那道门也给上了锁。肯普拍拍额头。“我在做梦吗？是整个世界发疯了，还是我发疯了？”

他不禁笑着把手放在锁着的门上。“我被关在自己卧室之外了，真是荒谬啊。”

他走到楼梯口，又转身看看那扇锁着的门。“这是事实，”他说，他摸摸自己稍稍受伤的脖子，“不容否认的事实！”

“可是……”

他绝望地摇了摇头，转身走下楼去。

他点着了餐室的灯，取出一支雪茄，一面在屋里踱来踱去，一面自言自语，还时常自己争辩。

“隐身人！”他说。

“难道真有什么隐身动物？海洋里——有的。成千上万！所有的幼虫！一切硬壳动物和软体动物的幼体，所有极其微小的东西，比如水母，都是如此。在海洋里，看不见的东西要比看得见的更多！这一点我以前倒从来没有想过，池塘里也一样！所有那些池塘里的小东西——无色透明的微粒胶状物！……但在空气里！没有！

“不可能有。

“可是——为什么就不能有呢？

“一个人即使是用玻璃做的，也还是可以看得出来的。”

他越想越深。等到他再开口说话的时候，已有三根雪茄燃成白灰撒在地毯上了。可是这时他所说的，无非是一些感叹罢了。他向另一边走去，离开餐室，来到他的诊室，点着了煤气灯。这是一间小屋，因为肯普医生并不依靠诊病为生，诊室里有当天的报纸。晨报早已被漫不经心地打开过了，并被扔在一旁。他捡起来翻阅着，看到了那位斯多港的水手费劲地读给马维尔听的“伊宾怪事”。肯普迅速地看了一遍。

“缠裹着！”肯普说，“隐蔽着！躲藏着！‘似乎没有人意识到他的不幸’。他究竟要什么把戏？”

他放下报纸，可是眼睛仍在搜寻着。“啊！”他说着，捡起了那份自从送来以后还折着没有动过的《圣詹姆斯报》。“现在我们就要真相大白了。”肯普医生说，他打开报纸。有两三栏消息呈现在他面前。标题是：“苏塞克斯一个村庄乱成一片。”

“老天爷！”肯普一边说，一边急切地读着这篇新闻报道。前一天下午发生在伊宾的令人难以置信的事情，详情在前面已经叙述过了。另一页上还重印了晨报的报道。

他重读了一遍。“在街上奔跑，到处进行攻击。贾弗斯已不省人事。赫克斯特先生身受重伤——至今仍不能叙述所见之事。牧师蒙受奇耻大辱。妇女们惊恐成疾。窗户打得粉碎。此条非凡消息也许属于捏造。但内容精彩，如不印发，实在可惜——请读者留意。”

他放下报纸，茫然地凝视前方。“也许纯属捏造。”

他又捡起报纸，重新阅读事情的始末。“可是这个流浪汉又在什么时候参加进来的呢？他干吗要追逐一个流浪汉呢？”

肯普突然坐到手术床上。“他不仅是个隐身人，”他说，“而且是疯子！杀人成性的。”

晨曦的微光开始与餐室的灯光和雪茄烟雾交织在一起。这时肯普仍在踱来踱去，力图理解那不可思议的事实。

他简直兴奋得无法入睡。他的仆人一个个睡眼惺忪地走下楼来，见到他时，还以为他攻读过度而累病了呢。他异乎寻常地然而清清楚楚地吩咐他们在楼上书房里准备两份早点，此后只许在底层和地下室里走动干活。他继续在餐室里踱步，直到送来晨报的时候。报上的长篇大论倒不少，可是除了证实前一天晚上的事以外，便只有一条写得很糟糕的伯多克港的消息，其余都是废话连篇，肯普因而大致了解了在快乐的板球手客栈里发生的事情经过，知道了马维尔这个名字。“他迫使我在身边待了二十四小时。”马维尔做证道。对伊宾的消息又补充了一些枝节，比较引人注目的是切断村子的电报线。可是在隐身人和流浪汉之间的关系上面并没有任何线索——因为马维尔先生在与他有牵连的那些钱和三个书本方面并没有提供消息。不相信有隐身人的论调已经绝迹，成群的记者和调查者已经着手探索隐身人的问题了。

对于这些报道，肯普连一点一滴都没有放过。他把女仆派出去，把所有能买到的晨报全都买了回来。他把这些报纸也都一口气全读完了。

“他是隐身人！”他说，“从报上来看，他从愤怒变成了疯狂！他会做出什么事来！他会做出什么事来？而现在他在楼上像空气一样地自由自在。我究竟该怎么办？”

“譬如，要是我这么办是否不忠实了呢？——不。”

他走到角落里那张零乱的小桌前，动笔写一张便条。刚写了一半，他就撕了。又写了一张。他从头到尾读了一遍，思索了一番。于是他拿出一个信封，写上：“伯多克港，阿迪上校收。”

肯普正在干这件事的时候，隐身人醒来了。他是在恶劣的心情中醒来的。对于任何声音都很警觉的肯普，听到脚步声在他头顶上的卧室中突然跑了过去。然后一张椅子被扔到一边，洗手架上的盆也打破了。肯普匆忙地奔上楼去，急切地敲门。

第十九章　某些基本原理

“怎么回事？”肯普在隐身人开门让他进屋的时候问道。

“没什么。”他回答说。

“可是，见鬼了，砸东西是怎么回事？”

“一气之下，”隐身人说，“我忘记这条一碰就痛的胳膊了。”

“你很容易发脾气。”

“是的。”

肯普走过房间，捡起了碎玻璃。“你的事全都传开了。”肯普说。他正站起身来，手里还拿着碎玻璃。“在伊宾以及在山坡下发生的事情都在内。人人都已意识到有这么一个隐身公民了。但是谁也不知道你在这儿。”

隐身人咒骂起来。

“秘密传开了。我猜想这向来是一个秘密。我不知道你有什么计划，但是我很想帮助你。”

隐身人坐到床上。

“早餐在楼上。”肯普说话时尽量装得很随便的样子。看到他的怪客乐意地站起身来，他心里很高兴。肯普领着路，经过狭窄的楼梯来到楼上的书房。

“别的事再说，”肯普说道，“首先一定要让我再了解了解你能够隐身的问题。”他先神经质地向窗外瞥了一眼，然后坐了下来，像是要谈话的样子。他看看格里芬坐的地方，看到餐桌前那无头无手的睡衣正在神奇地用一块餐巾擦着看不见的嘴唇。这时，他对整个事情的判断正确与否，脑中闪现了一丝怀疑，接着又烟消云散了。

“这很简单，而且完全可信。”格里芬说着，把餐巾放在一边。

“对你来说是没有疑问的，可是……”肯普笑了起来。

“嗯，是啊，对我来说是没有疑问的，起初看来还似乎是妙不可言的呢？可是现在，天哪！……可是我们还要干出一番大事出来的。我第一次发现这玩意儿的时候，还是在切瑟斯托。”

“切瑟斯托？”

“我离开伦敦以后就到那儿去了。也许你不知道我放弃了医学，改学物理吧？我就这样转了专业，我迷上了光学！”

“是吗？”

“光密度！整个问题就是一个扑朔迷离的谜……一个难以解答的谜。当时我才只有二十二岁，一个满腔热情的小伙子，我说：‘我愿为之献身，这是很值得的。’你知道我们在二十二岁年龄的时候是什么样的傻瓜吗？”

“不是当时傻，就是现在傻。”肯普说。

“仿佛求知对人是一种满足！”格里芬接着说，“刻苦研究了将近半年以后，突然，我豁然开朗。我发现了一个关于色素和折射的普遍原理——一个公式，一个四维几何公式。关于隐身的问题，我几乎完全没有研究和思考过。无论是蠢人，普通人，甚至连数学家们，也根本不知道：某一个一般概念对分子物理学学生意味着什么。在流浪汉藏起来的那几个本子里，记录着奥妙神奇的东西！运用这种方法，根据各种实际需要，就能把某种物质——固体式液体的折射率降低到和空气一样，而且除了某种情况下颜色可能改变以外，不必改变物质的其他性质。”

“哟，”肯普说，“的确很新奇，不过我还是不太明白……我知道你这样做能损坏一块值钱的宝石，但这和人的隐身术相差得甚远啊。”

“不错，”格里芬说，“但请你想一想，物体的可见度是由物体本身对光的反射而决定的。我对你讲几个基本事实，姑且把你当作不懂的人，这样我就能把我的意思讲得更加清楚。你知道，任何物体不是吸收就是反射或折射光，或者两者皆是。如果它既不吸收又不反射或折射光线，那么它本身就看不见了。譬如，你看见一只红色不透明的盒子，那是因为这个颜色吸收了一部分光线，并把其余的光线，即光线中的红色部分反射给你。如果它根本不吸收光，而是全部反射回来，那么它将是一个发亮的白色盒子了。白银就是这样！一个钻石做的盒子既不吸收多少光线，它的表面大体上也不反射多少光线，而只有一些有利于光线的反射和折射的表面才反射和折射光线，因此你看到的是一个闪烁发光的透明体——光线的一个轮廓。一个玻璃盒子就不那么光彩夺目，不像钻石盒子那么清晰可见，因为反射和折射都比较少。明白吗？从某些观点来看，你能透过它看得很清楚。有些玻璃比另外的玻璃更容易看出来——燧石玻璃盒子就比普通窗玻璃的盒子更明亮。用很薄的普通玻璃做的盒子放在暗淡的光线下就几乎看不出来，因为它几乎不能吸收任何光线，反射和折射也很少。如果你把一片普通的白玻璃放到水里，尤其是放到比水的密度大的液体里，它就几乎完全看不见了，因为光线经过水到达玻璃的时候，只有一点点折射或反射，或者确实很少有影响。它就几乎像空气中的一股煤气或氢气一样无影无踪。道理完全一样。”

“是的，”肯普说，“这很简单明了，如今连小学生都懂得这一点。”

“还有一个连小学生都懂的事实。如果把一块玻璃打碎，打得粉碎，它在空气里就可以看得很清楚。因为它成了一种不透明粉末，变成粉末的玻璃反射面和折射面就多得多。一块单层玻璃只有两个面，而在粉末里面，每个微粒都折射和反射光线，透过粉末的光线则微乎其微。可是，如果把这种白色的玻璃粉一旦放在水里，它马上就看不见了。这是因为玻璃粉末和水的折射率相差无几，就是说，光线从一个微粒射到另一微粒去的时候，就很少产生折射或反射光线。

“你把玻璃放到折射率几乎相同的液体里面，玻璃就不见了。一个透明的东西也可以放到折射率几乎相同的任何介质中去而变得看不见。你只要想一想，如果使玻璃粉末的折射率和空气一样，那么它就可以在空气中消失了。这样，当光线从玻璃进入空气的时候，就没有折射或反射了。”

“是的，是的，”肯普说，“但是一个人并不是玻璃粉末！”

“不错，”格里芬说，“人的光密度更大！”

“胡说！”

“这居然出于医生之口！一个人的忘性多快啊！难道在这十年里，你把物理学都忘光了吗？你想想，那些本来是透明的，可是看起来又不是透明的东西嘛！譬如纸吧，是用透明的纤维制成的，它之所以呈白色而不透明，原因就同玻璃粉呈白色而不透明一样。白色的油纸用油把微粒间的空隙填满了，所以除表面之外，它不再产生折射或反射。纸就和玻璃一样透明了。不仅是纸，而且包括棉纤维、麻纤维、毛纤维、木纤维，甚至骨骼、皮肉、毛发、指甲和神经……肯普，事实上，整个组成人体的纤维，除了血液的血红素和毛发的黑色素外都是无色透明的细胞所构成的——由于它们极其微小，所以我们彼此可以互相看见。大部分生物纤维的透明度，并不比水差。”

“老天爷！”肯普叫道，“当然，当然，昨天晚上我才想到海洋里的幼虫和水母哩！”

“现在该明白我的意思了吧！这一切都是六年以前——我离开伦敦一年以后知道的。可是我没告诉别人。我不得不在极为不利的条件下工作。我的教授奥立佛——科学界的流氓，一个剽窃别人学术观点的贼——他老是在打听！你是知道科学界那种欺诈的行为的，我就是不愿意把它公布出来，不让他分享我的荣誉。我继续工作，并且愈来愈接近于现实——把公式付之实验。我对谁都没讲过此事，因为我想把我的工作以压倒一切的效果公之于世，我想一鸣惊人。我开始研究色素的问题，以弥补某些空白。突然之间，不是由于事先的构想，而是出于偶然，我在生理学上找到了一个新发现。”

“是吗？”

“你知道血液里血红素功能！它可以变的——变成无色——同时却保持它原有的全部功能。”

肯普诧异地惊叫了一声。

隐身人站起身来，在这间小小的书房里来回走动。“难怪你要大惊小怪，我还清楚地记得那天晚上的情形。夜很深了，我还在拼命工作。我在白天不得不和那些呵欠连连的愚蠢的学生打交道——我有时一直工作到天亮，突然，我脑子里充满了奇丽完美的幻想。我一个人呆呆地坐着，实验室静极了，高悬头上的煤气灯所发出的光又明亮又宁静——我可以使一只动物——一个细胞组织——变得透明！除了色素以外，我可以使它什么也看不见，我可以变成隐身人！我说，我突然意识到作为一个患皮肤色素缺乏症的人，具有这种知识意味着什么。它太令人兴奋了。我离开我正使用的过滤器，走到窗口，凝视着窗外的星空。‘我可以隐身！’我反复地说。

“做这样的一件事几乎是超越魔法的。拨开迷雾我发现隐身术能给予一个人梦寐以求的东西——神秘、权力、自由。至于弊病呢，我根本就没考虑。你只要想一想，我这样一个衣衫褴褛的穷小子，天地窄小的示范教员，在省立学校教一群笨蛋，却可以突然变得——这样。我问你，肯普，如果是你的话，……我告诉你，任何人都会投入那项研究中去的。而我为此整整工作了三年，每逢我攀上一座困难的高峰，眼前就立刻又出现一座更高的险峰。我就欣喜不已。此中细情真的难以尽说！还有件令人气愤的事！一位教授，省里的教授，老在打听。‘你什么时候发表你的成果呀？’这就是他喋喋不休的问话。讨厌的学生，有限的条件，我忍受了三年。

“三年来我一直守口如瓶，经历了千辛万苦，三年后，我发现要完成这项工作是不可能的——完全不可能的。”

“怎么？”肯普问道。

“钱。”隐身人说，然后他走到窗前，向窗外凝视。

他突然转过身来。“我抢了一个老人的钱——我父亲的钱。钱不是他自己的，他开枪自杀了。”

第二十章　在波特兰大街的房子里

望着窗旁那无头的背影，肯普沉默地坐了一会儿。他忽然想到一件事，不禁大吃一惊，站起身来，握住隐身人的手臂，把他从窗口拉开。

“你累了，还在走来走去，而我却坐着，”他说，“坐到我的椅子上去吧。”

他站在格里芬和最近的窗户之间。

格里芬静静地坐了一会儿，又突然重新讲下去。

“在这件事发生的时候，我已经离开了切瑟斯托学院，”他说，“那是在去年十二月份。在伦敦波特兰大街附近的一个贫民区里有一幢公寓房子，房子很大，可是管理不善。我用父亲的钱买了各种各样的仪器，立刻把那间屋子装得满满的。工作进行得既稳当又顺利，接近尾声了。那时，我好像一个刚刚从灌木丛中出来的人突然去演一场毫无意义的悲剧。我去葬了我的父亲。可是我的心里还想着研究，而且没有做任何事情去换回他的名声。我还记得那次葬礼，廉价的棺材，简短的仪式，霜冻的山坡上正刮着风，我父亲学院里的一个老朋友——一个衣衫褴褛、脸色黝黑的驼背老头儿，由于感冒一直在流鼻涕，在父亲的坟上念着祷文。

“我记得我徒步走回那空无一人的住宅时，路上经过一个地方，它一度曾是村庄，而现在却被偷工减料的营造商拼凑修补成一座丑陋的城镇了。每条道路都通向污秽的田野，路的尽头都是一堆碎砖乱石，从生着湿漉漉的野草还散发着恶臭。我记得我自己又黑又瘦，在光溜的便道上走着，奇怪地感到自己已经超脱于这种邋遢的体面人和肮脏的商品交易以外了，传统的习俗要我去参加葬礼，我虽然做了，但其实这并不是我想做的事。

“但是，在大道上走着的时候，我过去的生活又重现了。我遇到了我十年前就结识的那位姑娘。我们的目光相遇了……

“说不清是什么原因驱使我转回身同她交谈。她是一位非常普通的人。

“故地重游，就像在梦境里一般。我当时并不觉得孤寂，没有那种步入废墟的感触。我意识到我已失去了情感。但我仅把这种情感当作是对生活的愚昧无知。回到我的房间，就像回到了现实一样。这里有我了解和喜爱的东西。这里有仪器，有安排好了的实验等着我动手。现在除了策划一些细节以外，已经没有什么困难了。

“肯普，我迟早要把全部的复杂过程告诉你的。现在没必要去谈这个过程。因为除了我特地记住一些片段以外，大部分都用密码记录在流浪汉藏起来的那几个笔记本里了。我们一定要追到他，把他抓住。一定要把笔记本拿回来。其中的关键在于，如果把需要减低折射率的透明体放在两个带有某种微振的放射中心之间，它的详细操作过程我以后再告诉你。不——不是伦琴共振；我不知道另外哪些振动已经叙述过，反正都是些明摆着的道理。我主要用了两种发电机，用一个便宜的煤气发动机来带动……我的第一个实验是用一点白色羊毛织物进行的。在闪烁的电光下，羊毛纤维会变得极白，然后像一缕轻烟似的消失得无影无踪，真是世上无比奇怪的事了。

“我几乎不相信我已经做到了这一点。我把手放在空洞无物的地方，那毛料摸起来还跟平时一样。我笨拙地摸着，然后把它扔到地上。再要找到它，还有些不容易哩。

“以后的经历也挺奇怪的。我听见背后传来喵喵的叫声，回头看到窗外水箱顶盖上趴着一只又瘦小又脏的白猫，一个念头飞快地在我脑海里闪现。一切都为你准备好了，我说着便走到窗口打开窗户，轻声叫唤它。白猫进来了，喵喵地叫着——这可怜的畜生饿极了——我给它喝了一点奶。我所有的食物都放在房间角落的一个小橱里。它喝完以后，就在屋里绕着到处嗅，显然想把这里当家了。那隐去的碎毛料使它有点心烦意乱，瞧它的呼呼嘶叫的模样！我让它舒适地躺在我那张有四个轮子的矮床的枕头上，然后给它吃了点黄油，以便把它洗个干净。”

“然后你就拿它做实验了？”

“我确实拿它做了实验。可是给猫吃的药可不是闹着玩的。肯普！实验失败了。”

“失败了？”

“毛病出在两个小问题上——脚爪和色素。那叫什么？在猫眼背后的色素。你知道吗？”

“视网膜。”

“对了，视网膜。它们都隐不掉，于是我先用药把猫的血漂白，还做些其他准备工作。我给那只猫服了鸦片，还把它连同它躺在上面睡觉的枕头一起放到仪器上去。其余一切都消失了，但它的视网膜依然清楚地保留着，无法隐去。”

“奇怪。”

“我无法解释这种现象。它当然是被捆绑着的——因此我不怕它咬人伤人，实验做了一半，这畜生醒了，并且尖声惨叫起来。这时有人来敲门。是楼下的老太婆——一个喝得酩酊大醉的老东西，她是猫的主人；在这个世界上，只有她关心那只猫，她怀疑在做活体解剖，我赶快倒出了一点氯仿，给猫用上，然后去开门。‘我听到的是猫叫吧？’她问道，‘是我的猫吗？’‘你的猫不在这。’我彬彬有礼地说。她有些怀疑，老是想盯着看我身后的房间——光秃秃的墙壁，没有帘子的窗户，有四轮脚的矮床，颤动着的煤气发动机，乍明乍灭的辐射点，空气中隐约可闻到氯仿刺鼻的气味。她肯定觉得奇怪极了，但最后她不得不相信猫不在屋里，终于走了。”

“用了多少时间？”肯普问道。

“这只猫用了三四个小时。骨肌腱、脂肪、有颜色的那部分毛的顶端，是最后才消失的。就像我说的，眼睛背部十分顽固的彩虹色，丝毫不退。

“在我结束实验之前，天早就黑了，除了模糊的眼圈和脚爪以外，什么都看不见。我关上煤气发动机，摸了摸那畜生，并打了一下它，它仍一动不动，我把捆绑的部位全都解开了。这时我倒很累，就让那畜生躺在看不见的枕头上，自己也去睡了。可是我睡不着。我清醒地躺着，漫无目的地想着一些事情，反复地想着那个实验，要么就兴奋地梦到我周围的东西渐渐模糊，渐渐消失，直到一切东西，甚至我所站着的大地也消失了，我陷入了人们有时才会有的那种病态的梦魇之中。大约在两点钟的时候，那只猫在房间里叫开了。我想对它说话以便使它安静下来，后来我决定把它放出去。我还记得在找火柴时吃了一惊，除了那一双碧绿的发亮的眼睛，周围什么也没有，我本想给它奶喝，可是我一点奶都没有了。它不肯安静下来，只是坐在门口喵喵地叫。我想一把抓住它，把它扔到窗外去，可是捉不住它，它溜掉了。它在房间里到处不停地叫着。最后我打开窗户，乱赶一气。我想它大概出去了。以后我再也没有瞧见它，也没有听到过它的叫声了。

“后来——天知道为什么——我又想到我父亲的葬礼，想到那凄凉的刮着风的山坡，一直想到天亮。我觉得要睡觉是不可能了，我就随手锁上房门，走到晨曦满天的街上去了。”

“你是不是想说世界上有了一只逍遥自在的隐身猫呢？”肯普说。

“如果它还活着的话，”隐身人说，“为什么不可以有呢？”

“为什么不可以有呢？”肯普说，“我并不是想打岔。”

“它很可能死了，”隐身人说，“我知道过了四天以后它还活着。在蒂奇菲尔街的栅栏里面，因为我看见一群人围在那儿，想看个明白，到底那喵喵的叫声是从哪里发出来的。”

他沉默了一分钟光景，然后又突然讲下去：“我清楚地记得我自己变化以前的那个早晨。

“我一定去过波特兰大街——因为我还记得阿尔巴尼街上的兵营，骑兵正从那里出来，最后我发现自己正坐在樱草山顶，阳光明媚，我却觉得浑身有一种异常的感觉，很不舒服。我萎靡不振地打算把我的处境系统地考虑一下，然后拟订一个行动计划。

“我惊奇地发现，虽然我已经掌握了成功的秘诀，可是要达到目的还不得要领。事实是，我紧张地连续工作了四年，已经精疲力竭，没有任何力量，没有丝毫感情。我已经麻木不仁了。我徒劳地等待着想恢复我在初次进行科学研究时的热情。那种创造发明的激情曾经使我图谋杀害我的父亲。不过我没有泄气，我很清楚，这是由于过度工作和缺少睡眠而引起的一种暂时的情绪。吃一些药或者好好休息一下，就可以恢复我的精力。

“有一点我非常清楚，这件事必须进行到底。而且要快，不能再拖下去，因为我的钱几乎都将花完了，这种坚定不移的意志始终控制着我。我环视四周，山坡上嬉戏的儿童，一群看着他们的姑娘，我不禁联想到一个隐身人在世上所能有的种种好处。待了一会儿，我慢慢地回到家里，吃了些东西，服了大量的士的宁，就在我没有铺好的床上和衣入睡了……士的宁是一种极好的强壮剂，肯普，它把人的软弱无力全都驱走了。”

“这种鬼东西，”肯普说，“它是旧石器时代的药物。”

“我醒来时觉得精力充沛，可是有些脾气暴躁，你知道吗？”

“我知道这玩意儿。”

“有人在敲门。是我的房东，一个波兰的犹太老头儿，穿着灰色的长外套和一双油腻腻的拖鞋。他又是恐吓，又是查问。他就认定我昨晚折磨过一只猫——肯定是楼下的老太婆向他搬弄了是非，他坚持非把一切都弄明白不可。当地法律严禁活体解剖——他可能受到了牵连。我当然否认。他说整幢房子都感到那台煤气发动机的颤动了。这确实是事实。他侧着身子进了屋子，一双眼睛在他那德国银边眼镜下贼溜溜地到处张望。我突然感到担心起来，怕他会发现我的秘密。我尽量用我的身子挡住我亲自装置的浓缩器，不让他看见。这一来他反而更加怀疑我在干什么，为什么我老是单独一个人，而且要遮遮掩掩的呢？是合法的吗？还是有危险性呢？我除了按时交付房租以外，从不捐款，邻近地区的名声不好，而他的房子始终是最受尊敬的。我突然发起脾气来了。我叫他马上滚出去。他不买我的账，还振振有词说他有权进这屋子。于是我揪住他的领子——撕破了什么地方——把他打倒在地，他滚到走廊上去了。我用力关上门，上了锁坐在那里直打哆嗦。

“他在外面闹了一阵，我没理他，过了一会儿他就走了。

“这么一来，事情显然闹大了，当时我只剩下两条路可走，或者马上到别的公寓去，但这意味着工作要受影响——再说，我所剩的钱只有二十镑了，大部分都存在银行里——总之我负担不起。隐身吧！可是到那时候，就会来调查我，还会洗劫我的房间——

“一想到我的工作在最最紧要的关头可能被人发现或者中途打断，我就急怒交加。我带着三本笔记和支票簿——现在都在流浪汉手里了——急忙跑出去把它们从最近的一个邮局寄到波特兰大街的一个邮件领取处。在出去邮寄的时候，我尽量不出一点声音。在我回来的时候，我发现我那房东正蹑手蹑脚在上楼——他准是听到关门的声音了。他正在楼梯口的时候，我向他背后冲过去，把他吓得蹦到一边。你要是见到他那副样子，准会大笑起来的。我从他身旁经过时，他盯着我看呢。于是我重重地把门关上，把整个房子都震动了。我听见他拖着脚步上楼到我门口来，迟疑了一会儿，又走下楼去。于是我立刻动手准备起来。

“那天夜晚，一切都准备就绪了。正当我由于血液退色药的作用而软弱无力，昏昏欲睡地坐着的时候，又接二连三地响起敲门声。敲门的声音停了一会，脚步声又走开了，然后又走回来，又敲起门来了。有什么东西想从门缝底下塞进来——一张蓝色的纸条。我暴躁地站起身来，走过去把门猛然打开。‘干吗？’我说。

“门外是房东，拿着要赶我出门的通知什么的。他把单子递给我，大概发现我的手有些异样，就抬起头来看我的脸。

“他目瞪口呆地愣了一会，然后含糊不清地叫了起来，连蜡烛带纸单一起都丢在地上，便跌跌撞撞地沿着暗黑的走廊跑到楼梯那儿去了。

“我关上门，上了锁，然后向穿衣镜走去。于是我明白他为什么害怕了……我脸色雪白——就像白色的石头一样。

“光这一点，就足够使任何人感到恐惧了。很快药物起反应了，我没料到会有如此的痛苦。整夜的剧痛，恶心和虚弱，皮肤在发烧，浑身发热，可我还是咬紧牙关忍着全身灼伤似的疼痛，死一般地躺在那里，这时我才明白为什么那只猫在施用麻药前发出那样的惨叫。我不停地呻吟，哭泣，自言自语，可是我还是忍耐着，直到我失去了知觉。当我醒来时，痛苦终于过去了。我以为我在自杀，可是我不管。我永远忘不了那个早晨。永远忘不了那骇人的恐怖景象。我看到自己的手变得像毛玻璃一样。随着白昼的来临，它们愈来愈透明，愈来愈淡薄，直到最后我隔着双手也能看到屋里那种凌乱不堪的情形。即使我闭上透明的眼皮，也能看得清楚肢体也变得像玻璃一样，骨骼和血管模糊了，消失了。最后白色的细小神经也不见了。我咬牙坚持着……眼看只剩下苍白的指甲和手指上被酸液染上的褐色斑点。

“我挣扎着站起身来。起初我十分软弱像襁褓中的婴儿一样——用我看不见的脚艰难地迈着步子。我十分衰弱，又感到非常饥饿。我走到修面镜前，在镜中什么也看不到——什么也没有，只有变淡了的色素还残留在我眼睛的视网膜后面，比雾还要浅淡。我不得不趴在桌上，把头靠在镜子上面。

“然后依靠一种疯狂的意志，在仪器前完成了全过程。当这一切结束时，我累极了，躺在床上，拉开一角床单遮在眼睛上，整整睡了一上午。快到中午时分，我又被一阵敲门声惊醒了。我已经恢复了力气，就坐起来倾听，听到一阵轻轻的耳语声。我跳起身来，尽量不发出一点声响，开始动手拆卸仪器，把它放到房间四周，不让别人看出仪器安装的方法。这时外边又敲起门来，还叫喊着什么，起先是房东，后来还有另外两个人。为争取时间，我答应了一声。我打开窗户，抓起隐去的碎毛料和枕头，把它们扔到水箱顶盖上。正在开窗的时候，房门被猛烈地撞了一下。外面有人使劲冲撞房门，想把锁撞烂。可是我在前些日子正好安上了一个结实的插销，不容易撞开。我又惊又怒，身子又哆嗦起来。我赶紧整理东西。

“我收集了一些废纸稻草，还有包装纸之类的东西统统堆在屋子中央，然后打开煤气开关。这时，沉重的拳头像雨点似的敲打在门上，我找不到火柴，恨得我用手捶起墙来。我只好关上煤气，跨出窗户，爬到水箱顶盖上面，轻轻地拉下窗格，然后坐下来张望。我虽然安全地隐着身子，可是我愤怒得浑身发抖。我看见他们劈下了一块门板，然后很快就把插销的U形扣砸裂了。这时门打开了，他们站在门口，原来是房东和他的两个养子——都是二十三四岁的结实小伙子。跟上楼来的那个丑老太婆也哆里哆嗦地站在他们身后。

“他们发现屋里空无一人，你可以想象一群人大惊小怪的可笑模样。其中一个小伙子立刻冲到窗口，猛然把它打开，向外张望。他瞪着的眼睛，厚厚的嘴唇，有胡子的脸，离我只有一尺远。我握紧了拳头，差点儿揍他这张愚蠢的嘴脸，可是我忍住了。他的视线正好从我身上透过去。别人过来张望时也同他一样。那老头儿又跑到床底下去张望。后来，他们全都向小橱柜冲去。最后他们不得不用犹太话和伦敦土话争论起来，他们的结论是认为我并没有出声答应他们，而是他们听错了。我坐在窗外，望着这四个人——因为那个老太婆也进屋来了，她像一只猫似的怀疑地看来看去，想猜出我的藏身之谜。

“我从老头儿那种南腔北调的方言里所能听懂的是，他同意老太婆的意见，说我是一个活体解剖者。两个儿子却满嘴别字地拿发电机和辐射器来证明我是个电工。我后来才发现他们怕我回来早就把前门闩上了。老太婆先在橱柜里查看，然后又向床底下张望。一个青年人推开记录簿，查看了烟囱，与一个屠夫一起住在对门的房客，一个卖水果的小贩，也跑到楼梯口来。他们叫他进屋，断断续续地对他讲了一些事情。

“我突然想起来，我那特别的辐射器如果落入一个敏锐而受过良好教育的人之手，就会泄露我的机密。于是我趁机从窗台上跨进屋子把一架小发电机从底座上推倒下来，把两台辐射器全都砸得粉碎。他们好害怕啊！他们正在查找原因的时候，我已经溜出房间，轻手轻脚地下楼去了。

“我走进一间起居室等他们下楼来。他们一边争论，一边猜测，谁也没有发现什么‘恐怖’，全都有些失望，而且全都不知道怎样才能合法地对付我。当他们刚走进地下室，我就带着一盒火柴蹿上楼去，点燃了废纸乱草，还堆上了椅子铺盖，用橡皮管把煤气引过来……”

“你把房子烧了！”肯普惊叫起来。

“不错。烧房子是唯一消灭痕迹的办法……

“毫无疑问，只有这样才保险……我轻轻地拉开前门的门闩，走到街上。现在我是个隐身人！我深信这看不见的身体给我创造了非常有利的条件。我的脑子里顿时涌现出各种狂妄、惊人的计划，现在我可以毫无顾忌地去做这一切了。”

第二十一章　在牛津街上

“因为我看不见自己的脚，一开始我就遇到了意想不到的麻烦。第一次下楼时我就绊倒了两次；用看不见的手去拉门闩，也感到特别的别扭。不过到了平地，只要眼睛不往下看，还是走得挺好的……

“我心中十分得意。我就好像是一个眼睛看得见，脚步声很轻，而衣服没有窸窸窣窣声的人，在一个眼睛全都瞎了的盲人城市里走动一样。我有一种狂野的冲动，老想作弄人，吓唬人，拍拍他们的后背，扔掉他们的帽子，觉得自己比别人特别优越而洋洋得意。

“可是我刚走到波特兰大街（我的住所就在那边一家大布店附近），就听见一声响，后背被猛地撞了一下。我回头一瞧，只见一个人提着一篮苏打水瓶子正惊讶地注视着自己的篮子。虽然那一撞撞得不轻，可是看到他那副惊奇的样子，我实在忍不住，哈哈大笑起来。‘篮子里有鬼。’我说着就一把夺过他的篮子。他不由得松了手，我就把一整篮的苏打水向空中抛去。有一愚蠢的马车夫站在一家小酒店门口。这时突然冲过来接篮子，他张开的手指头猛然戳到我耳朵下面，使我痛得要命。我就把整篮子东西砸到他身上。于是，满大街的人都奔跑起来，到处是惊叫声和纷乱的脚步声，马车也停止不前了。我这才明白自己闯了祸，就一面咒骂自己的愚蠢，一面把背贴在商店橱窗上，打算从骚乱中脱出身来。可是，我差一点被挤到人群中去，要是这样，就必然被人发现了。我把屠夫的徒弟推到一旁，他幸亏没有转过身来看看把他推开的竟是空空洞洞的乌有之物。我躲到那马车夫的四轮马车后面，也不知道这场纷乱是怎样解决的。我匆忙越过马路，幸而这时马路上行人稀少。由于这次事件使我害怕被人发现，便慌不择路钻进了下午在牛津街上闲逛的人群里。

“我想挤入川流不息的人群里，可是人实在太挤，我的脚后跟很快就被人踩着了。我只得沿着路边的水沟走，可是水沟粗糙不平，走了不多久就磨痛了我的脚。一辆双轮马车这时正好缓慢地驶过，我的肩胛下面被车辕猛撞了一下，真被它撞坏了。我跌跌撞撞地闪过马车，又用一种痉挛的动作躲开了一辆儿童车，这时我发现自己正好站在马车后面。我灵机一动，就紧跟在这辆慢慢行驶的马车后面走着，一面庆幸自己时来运转，一面发抖，不仅发抖，简直是在战栗了。这是正月的一个晴朗的日子，路面上的泥浆已结起了薄薄的冰，而我却赤条条的一丝不挂，浑身不停地发抖战栗。当时我怎么会意识到，不管我的身体是否看得见，我还得服从气候的摆布。真是愚蠢透了。

“忽然我想起一个好主意。我绕上前去，钻进了马车。我受到了惊吓，身子哆嗦着。鼻子呼哧呼哧的，那是感冒的先兆，腰背上的乌青也越来越烦人。马车载着我沿着牛津街慢慢地向前驰去，经过了托坦汉法院路。我这时的心情是完全可以想象得到的，它与十分钟以前我从房间里突围出来的时候可大不相同了。这个隐身术，真是的！我现在所想的只是如何才能摆脱目前的困境了。

“马车慢慢地驶过穆迪图书馆。那儿有一个身材很高的女人，拿着五六本贴着黄色标签的书，招呼这辆载我的马车。我正好来得及跳出马车来躲开她。逃跑时差一点撞上铁路货车。我沿着马路向布隆斯伯雷广场奔去，想赶到博物馆的北边去，这样就可以进入僻静地区了。我这时冻得要死，这种不习惯的处境使我十分气馁，在奔跑的时候，不禁呜咽起来。广场西角的药学协会办公室跑出了一只小白狗，它低垂着鼻子，自然而然地尾随在我后面。以前我从来不清楚这一点，原来狗的鼻子如人的眼睛一样。狗能嗅出人的足迹，就像人能看清对方的外形一样，这畜生边叫边跳，竭力证明它已经发现我了。我一面横过罗索尔大街，一面还回头看了一眼。我已经沿着蒙泰格街跑了一段路，可是我还不知道是在往哪里跑。

“这时传来一阵奏乐声。沿街望去，我看见许多人从罗索尔广场走出来。走在前面的人，穿着红衫，打着救世界的旗帜。这么一大群人，有的在路上放声歌唱，有的在人行道上嘲笑，我休想钻过去。我又怕走回头路，离家更远，就仓促地做出决定，跑到博物馆栏杆对面一所房子的白色台阶上去，打算站在那儿等到人群走过去再说、幸亏那只狗一听见乐队的声音就停住了，它犹豫了一下，掉转尾巴，又向广场奔去。我这才算摆脱了窘境……

“乐队过去了，人们高声唱着赞美诗‘何时得见主面’，真是无意的嘲弄。人群沿着人行道在我面前走过，人山人海，好像没完没了似的。咚、咚、咚，大鼓震响着，也过来了。这时我没有注意有两个小淘气在我身旁的栏杆那里逗留着。‘瞧！’其中一个说道。‘瞧什么？’另一个说。‘嗨——脚印——光脚印，就像你脚上带着泥踩出来的。’

“我向下看去，看见两个孩子站在那里，呆呆地注视着我留在新刷白的台阶上的泥脚印。过路的人推挤着他们，可是他们的机灵劲儿已经被脚印吸引住了。‘咚、咚、咚，何时，咚！我们得见！咚！主啊！咚、咚、咚……’‘有一个赤脚的人走到台阶上去了，我要说得不对，就算我是傻瓜，’一个说，‘他还没有再下来过，他的脚上还流着血呢？’

“人群的大部分已经走过去了。‘瞧这儿，泰德！’那年纪较小的孩子突然指着我的脚高声惊叫道。我往下一看，地上果真是有一双模糊不清的脚的轮廓，那是由一摊泥浆形成的。

“‘呃，真奇怪！’大一点的孩子说，‘简直太奇怪了！难道这是一只鬼的脚吗？’他犹豫了一下，就伸着手向我走过来。一个男子马上停了下来，想看看孩子正要抓什么东西。接着又来了一个好奇的女孩。眼看那男孩马上就要碰到我了，我急中生智，向前跨了一步，那孩子惊叫一声。吓得直往后退。我趁机一跃，迅速地跳到旁边一幢房子的廊下，不料那年纪小一点的男孩却机灵地紧盯着我，我还没迈下台阶来到人行道上，他就从瞬间的惊讶中清醒过来，并且叫喊起来，说那两只脚已经跨过了墙！

“他们赶紧绕过来，看见我的新脚印先出现在下面台阶上，然后又出现在人行道上。‘出了什么事？’有人问道。‘脚！瞧！两只脚在跑！’除了追我的三个人以外，其余在路上的人全都跟着救世军走。这走动着的人群不仅挡住了我，也挡住了追我的人。人群中掀起了一阵惊讶和询问的旋涡。我一拳打倒了一个小伙子，才借此钻出人群，顷刻间我就沿着罗索尔广场的环行路向前猛冲。有六七个人惊奇地跟在我脚印后面追着，他们没有来得及向大家解释，否则整个人群都要向我追过来了。

“我绕了两圈，横穿了三次马路，又回到我的老路上。这时我的脚变得燥热起来，水印也渐渐消失了。我总算有个喘息的机会，用手擦干净了脚，然后溜之大吉。我最后看到的是，大约有十几个人聚成一堆，极其困惑地研究一个逐渐变干的脚印，那是从塔维斯托广场的一个泥潭那儿带出来的。对他们来说，这一脚印就像鲁滨孙一个人发现的那个脚印一样，孤零零地令人百思不得其解。

“这次奔跑使我的身子暖和一些。我鼓起勇气穿过附近纵横交错的偏僻马路。我的腰背现在很僵很痛，扁桃体被车夫的手指戳得痛极了。脖子上也被他的指甲抓破了皮，双脚痛得很厉害，一只脚上割破了一个小口子，使我的脚跛了。我看到一个盲人向我走来，就赶紧跛着脚躲开，我怕他敏锐的直觉会发现我。曾有一两次意外地撞上了人。人们听到我的咒骂，都十分惊奇，简直莫名其妙。当我越过广场的时候有东西静静地落在我的脸上，雪花已像一层薄纱一样地飞落下来。我已经着了凉，尽管我拼命忍着，有时也禁不住打个喷嚏。用尖鼻异样地闻来闻去的每一条狗，对我来说，都是一种恐怖。

“这时跑来许多大人和男孩。一个人跑在前面，其余的人在后面跟着，一边跑，一边叫。失火了。他们向我住处的方向奔去。我回头一望，看见沿街的屋顶和电话线上空升起一大团黑烟。着火的地方肯定是我的住处。除了我的支票簿和三个备忘录还在波特兰大街待领以外，我的衣服仪器我的一切财物全都在那里。正烧着哩！我把我的船烧了——不管过去有没有人破釜沉舟地把船烧掉，我反正把自己的船烧了。那儿已经是大火熊熊了。”

隐身人停下来默默思索。肯普神经质地向窗外瞥了一眼。“是啊！”他说，“请继续往下讲。”

第二十二章　在百货公司

“正月里的一场暴风雪开始向我袭来的时候——如果落雪聚集在我身上，我就要暴露了——也正是我自找苦吃的新生活开始的时候。疲倦，寒冷，疼痛，难言的困苦，甚至对自己的隐身也不敢坦然放心。我没有藏身之处，没有生活用具，世上也没有一个我能信任的人。只要一说出我的秘密，我就立刻完蛋——变成一个仅供展览的稀罕之物。尽管如此，我还真有点想跟一个过路人说话，求他发发慈悲。可是我十分明白，这种做法将引起恐怖和极其残酷的后果。我踯躅街头，束手无策，我想自己唯一的目标就是尽快找一个避雪的地方，使自己穿得暖暖的，然后再做进一步打算。可是，甚至对我这样一个隐身人来说，伦敦的成排的房子也都是闭户上闩，难以逾越。

“只有裸露在暴风雪夜晚的刺骨严寒中了——这已经明明白白地摆在我眼前。

“这时，我想出一个好主意。我拐到一条从戈沃街通往托坦汉法院路的街道，走到昂宁百货公司门前。你是知道这个大楼的。肉类、杂货、麻布、家具、衣服，甚至油画，什么都能买到，与其说它是一家商店，还不如说它是一所大的曲曲折折的商店群。我以为公司大门应该开着，可是它却关着。我站在宽敞的入口处的时候，一辆货车在门外停了下来。一个穿制服的人，头戴一顶‘昂宁’标记的帽子——你是知道这种人的——推开大门。我设法走进门去，然后沿着一个出售丝带、手套、袜子之类的专卖部走着，来到一个比较宽敞的地方，这里专卖野餐用的篮子和柳条编制的家具。

“可是，人们在这里来来往往，我觉得并不安全。我烦躁地来回寻找，后来在楼上发现一间存放许多床架的大屋子。我爬了上去，找到一大堆折叠好的棉褥子，可以供我休息。这地方早已生好炉子，十分温暖舒适。我决定躲在这儿，只要在打烊以前留神两三群在这里徘徊的店员和顾客就行了。我想，到了那个时候，就可以在这里偷一点吃的、穿的和一些伪装用品，再来回找找，看看还有没有钱财，也许还可以在被褥上睡个觉。这个计划看来不错。我的设想是弄到衣服把自己裹得严严的，但还能看得过去的模样，再弄一点钱，把待领的书和小包裹拿到手，在什么地方住下来，再精心制订一些计划，以彻底体现我的隐身术所赋予我的特殊好处（我现在还这样想）。

“打烊的时间很快就到了。从我躺到被褥上，直到我看见店员拉下窗帘，顾客向门口走去的时候为止，前后顶多一个小时。一群活跃的年轻人非常轻快地开始收拾那些翻乱了的货物。等到人群稀少的时候，我就离开我藏身的地方，偷偷溜到店里那些人员不太稀疏的地方去。那些男女青年把白天陈列待售的货物都收拾起来，速度之快使我十分惊奇。成箱的货物，悬挂着的花边和针织品，食品部成盒的糖果，各式各样的陈列品，全都拿下来整理好，然后干脆利落地收到整洁的贮藏柜中去。凡是拿不下来的、不好收藏的东西，就用像麻袋那样的粗布遮盖起来。最后又把所有的椅子全都翻过来放在柜台上，把地板上腾干净。谁干完活就立刻向门口走去，他们这种生气勃勃的样子，我过去在店员中几乎从来没有见到过。然后来了许多少年，撒着木屑，拿着水桶和扫帚，我不得不躲开，因为那些木屑把我的脚腕子都扎痛了。我在百货公司的暗处徘徊了一会儿，听到他们正在扫地。最后，在打烊以后足有一个多钟头的时候，才听到锁门的声音。这里立刻寂静下来了。只有我一个人在这些错综复杂的巨大铺面、走廊和陈列室中间徘徊着。一片寂静。我还记得在我走近托坦汉法院路那儿的入口处的时候，还听到过行人走路时鞋跟着地的踢踏声。

“我先到我去过的卖袜子、手套的地方。那里一片漆黑，我拼命地找火柴，最后终于在现金出纳小桌的抽屉里找到了。我不得不点上一支蜡烛，还非得撕掉包装纸，搜索许多盒子和抽屉，最后才通过盒子上的印记找到了羊毛衬裤和汗衫。然后又找到短袜，一条厚厚的毛围巾。我又跑到服装部，找到几条裤子，一件便装上衣，一件大衣和一顶宽边软帽——像牧师戴的可以把帽檐翻下来的帽子。我又觉得自己是一个人了。我下一个念头，就是找吃的。

“楼上有一个茶点部，我在那里找到些冻肉。壶里还有咖啡。我点上煤气炉，把它重新煮热，填饱了自己的肚子。后来我又去找毯子，最后不得不用许多鸭绒被来代替。我偶然发现了一个食品部，那里有许多巧克力和蜜饯（我真要不了那么多），还有一些白葡萄酒。食品部旁边是玩具部，当我吃完饭经过玩具部的时候，我又想起了个好主意。我找到了一个人造鼻子——你知道，就是假鼻子。我又想到黑眼睛，可是昂宁公司没有眼镜部。我的鼻子曾是个大难题，我曾想用颜料，这下子可找到了假鼻子。这一发现使我又联想到假发、假面具之类的东西。最后，我躺到一堆鸭绒被里面，十分温暖舒适地睡着了。

“我在入睡前所想的东西，是我隐身以来最为愉快的了。身体上的舒适，也反映到我的脑子里。我想明天一早就可以穿着衣服，用我拿到手的白围巾把脸遮住，然后神不知鬼不觉地溜出去，再用偷来的钱买一副眼镜，这样，我的伪装就齐全了。我在睡眠中乱七八糟地梦到前几天里发生的那些稀奇古怪的事情。我看见那瘦小丑陋的犹太房东在他屋里大叫大闹，我看见他两个儿子惊奇万分的样子，我看见那皱纹满面的老太婆在向我索取她的猫时那副扭歪的嘴脸。我又体验到看着那块毛料隐去时的那种奇怪的感受。我又来到那刮着风的山坡，那年老的牧师抽吸着鼻子，在我父亲的墓穴前喃喃地念着：土归土，灰归灰，尘归尘。

“‘还有你。’一个声音说。突然我被揪到坟墓那儿去了。我挣扎，我叫喊，我向送葬的人求助，可是他们像石头那样一动不动，继续进行着葬礼；那年老的牧师在整个仪式中也毫不踌躇，一直在抽吸着鼻涕，嗡嗡地念个不停。于是，我知道人家看不见我，也听不见我叫喊，而那压倒一切的力量却揪住我，我陡然挣扎着被揪到墓穴边上。棺材一声巨响，我就掉进去了。一铲一铲的砂砾劈头盖脸地撒落下来。没有人留意我，没有人察觉我。我痉挛地挣扎几下就醒了。

“伦敦阴暗的黎明已经来到，从窗帘边上透进来的灰暗的寒光照亮了这个房间。我坐起身来，望着这间宽敞的屋子，屋里的柜台，一堆堆卷起来的东西，许多被褥以及屋里的铁柱子，一时竟想不起来这究竟是什么地方。当我想起来的时候，就听到有人谈话的声音。

“离这儿比较远的一个销售部早已拉起了窗帘，显得比较明亮。我看见两个人从那儿走来。我爬了起来，寻路脱身。可是我的动作惊动了他们，我想他们大概只看见一个身影无声而迅速地移开。‘是谁？’其中一个人喊道。‘不许动！’另一个也喊起来。我冲过一个角落，正好同一个又瘦又高的十五岁的男孩撞了个满怀。我是一个无头人，请你记住！那男孩大叫一声，吓得不知所措。我从他身旁冲了过去，拐过一个拐角，我灵机一动，把身子贴在柜台后面的地板上。许多脚步立刻跑了过去，许多声音喊道：‘大家都把住门！’‘出了什么事？’还互相关照怎样把我抓住。

“我躺在地上吓得要命。奇怪的是，我应该把衣服脱掉，可是我当时竟没有想到这样做。大概我已下定决心把衣服穿走，这种想法正支配着我。这时在两排柜台之间有人吆喝道：‘他就在这儿！’

“我跳起身来，把一张椅子从柜台里扔了出去，旋风似的砸到那叫喊着的傻瓜身上。我转过身来，在拐角的地方，又碰到另一个傻瓜，被我一拳打得晕头转向，于是我冲上楼梯。他站稳了脚，‘啊呀’一声，就紧紧跟着我奔上楼梯来。楼梯上推着许多彩色鲜艳的瓶子，那叫什么？”

“彩绘花瓶。”肯普提示说。

“对了，彩绘花瓶。我在楼梯最顶上一级转过身来，从瓶堆里拿起一个花瓶，等他来到面前时，就把瓶子砸在他愚蠢的脑瓜顶上。整堆瓶子都滚下楼梯去了，到处都是一片喊声和奔跑的脚步声。我疯狂地冲到茶点部，那里有一个穿白衣服的人，像是一个厨师，也追了过来。我孤注一掷地拐了最后一个弯，来到灯具和五金部。我跑到柜台后面，等那厨师过来。当他带头追上来的时候，我用一盏灯把他打得弯下腰去。他倒下的时候，我就蹲在柜台后面，开始尽快地脱下衣服。外套、短上衣、裤子、靴子，一下子都脱下来了，可是羊毛衫就像皮一样紧贴在身上。我听到更多的人过来了，而那位厨师还是不声不响地躺在柜台那一边，他晕过去了，要不然就是吓得说不出话来了。我像一只兔子从木堆里被赶出来一样，不得不再冲刺一下了。

“‘这儿来，警察。’我听见有人在喊。我原来又来到贮藏床架的房间了，房间的一头是无数衣柜。我冲到衣柜之间，躺倒下来，经过无数次的挣扎，终于把羊毛衫脱了下来，于是我又自由了。当警察和三个店员拐弯过来的时候，我还在气喘吁吁，心里还有些恐惧哩。他们向羊毛衫和衬裤冲去，还一把抓住长裤。‘他把赃物丢掉了。’一个年轻人说，‘他肯定在这儿附近。’

“可是他们还是找不到我。

“我站了一会儿，瞧着他们搜查，咒骂自己命运不济，丢掉了衣服。于是我到茶点部去，找了一点牛奶喝了，然后坐到火炉旁边，考虑我的处境。

“一会儿过来了两个店员，非常热烈地讨论起来，就像傻瓜一样。他们夸大了我的盗窃行为，还猜测我的下落。我听了一会儿，然后又盘算自己的计划。现在公司里已经惊动了，要带走任何赃物都是极其困难的了。我下到货栈去看看是否有机会打个包裹，写上地址，可是我无法知道这里的核对制度。大约上午十一点钟的时候，雪一落下来就融化了，天气比前一天晴朗暖和一些。我断定在百货公司里待着已经毫无希望。我因没有成功，感到十分气恼，对于今后的行动计划，心里又十分模糊。我怀着这样的心情离开了百货公司。”

第二十三章　在德罗利小巷

“你现在开始了解我的不利条件了，”隐身人说，“我没有藏身之处，没有遮身之物，一穿上衣服，就失去了我的有利条件，变成一个古怪可怕的东西。我戒了食，因为一吃东西，那些未消化的食品会让我再次离奇的显形。”

“这一点，我可从来没有想到。”肯普说。

“我也没有想到。雪还使我警觉到其他种种危险。下雪天我不能在外面走远——它会落在我身上，把我暴露出来。下雨也一样，会使我显出一个水淋淋的轮廓，一个亮晶晶的人形，一个大水泡。而在雾中也会像一个隐约可见的气泡，一个形体，一个阴湿模糊的人形。不仅如此，如果在伦敦的露天地方走远的话，我的脚腕子将沾上污秽，皮肤会沾上煤烟尘土。我不知道要多长时间就会因为这些而露出原形。可我很清楚，这不用很久的。

“在伦敦无论如何是不用很久的。

“我向波特兰大街的贫民区走去，走到我曾居住过的那条街的尽头。我并没有往那条街上走，因为人群挤在半路上，他们对面便是我纵火烧掉的那幢房子，它的废墟还在冒烟。我最紧迫的问题是要弄到衣服。这时，我在一家小杂货铺里看到报纸、糖果、玩具、文具、过时的无聊的圣诞节小礼品等——还有不少假面具和假鼻子，使我又想起在昂宁百货公司里的玩具所给我的启发。我转回身来，不再是漫无目的了，我绕过熙熙攘攘的街道，向河岸北边的街道走去，因为我虽然记不清明确的地址，但我还记得在那个地区有几家戏剧服装店。

“天气寒冷，南北向的街道上有一阵刺骨的寒风。我迅速地走着，避免被人家赶上，碰着。每过一次马路都是一场危险，我得提防每个行人。在贝德福街尽头处，我正打算在一个人身旁走过，这时他突然向我转过身来，撞到我的身上，把我撞到马路中间，差一点被一辆出租马车压到车轮下面去。马车夫还以为他自己得了中风之类的毛病哩。这次遭遇，使我十分气馁，我就来到科文花园市场，在一个紫罗兰花摊旁边的安静角落里坐了一会儿，一面喘息，一面哆嗦。我刚才又着凉了，过一会儿就非得走开，否则我的喷嚏一定会引起别人的注意。

“最后，我终于找到了要寻找的目标。在德罗利小巷附近的一条偏僻小路上，有一家肮脏的沾满蝇屎的小铺子，橱窗里摆满了镶着金钱的长袍、假宝石、假发、拖鞋、化装舞会上穿的化装衣服，还有剧照。这是一家老式店铺，房子又矮又暗，店铺顶上还有四层阴暗的楼房。我透过橱窗看了看，里面没有人，就走了进去。开门的时候，门铃当啷一声响了起来。我让门开着，自己绕过一个没有挂衣服的服装架子，躲在穿衣镜后面的墙角里。大约有一分钟的样子，才听到沉重的脚步声走过一个房间，走下来一个男人。

“我的计划现在已经完全确定了。我打算走进屋子，躲在楼上，寻找机会，等到一切安静下来以后，就找出假发、假面具、眼镜、戏装，然后穿戴起来，想到穿戴成那个样子，也许有些奇形怪状，但总还过得去。当然我也可以顺便把这儿所有的钱全都偷走。

“进店的人个子矮小，驼背，眉毛浓黑，胳膊长，腿脚短，而且还是罗圈腿。显然，我打断了他吃饭。他用一种期待的神色在店铺里看来看去，可是铺子里没有人。这时，他的期待变成了惊奇，然后就变愤怒了。‘该死的小鬼头！’他骂道。他走出门去，向街道的两头张望。一会儿就又回来了。他狠狠地一脚把门踢上，然后嘟哝着向房门走去。

“我上前跟在他后面，可是他一听到我的动静，就突然站住不动了。我也立刻站住。他耳朵那么敏锐，把我吓了一跳。他在我面前砰的一声把房门关上了。

“我正在迟疑地站着，突然听到他的脚步声迅速走了回来，房门又打开了。他站在那里向铺里面看来看去，好像还不放心。然后他一面跟自己嘟哝着，一面查看柜台后面，又去看看壁橱后头。接着，他就疑心地站着不动。他的房门敞开着，我就溜进里屋去了。

“这是一间小屋子，布置得很差，角落里放着许多大型的假面具，因此显得古怪，他耽搁下来的早餐还放在桌上。闻着桌上的咖啡香，站在旁边看着他回来重新吃饭，肯普，对我说来这是多么恼火的事啊，而他的吃相更使我难以忍受。这间小屋有三个门，一扇门通往楼上，一扇通往楼下，可是都是关着的，他待在这儿的时候，我出不去。他那么警觉，我几乎一动都不能动。我背后还吹来一阵凉风。有两次我差点要打喷嚏，都被我及时憋住了。

“我本性好奇，要不如此，我早在他吃完早餐以前，就厌烦不堪而且怒火万丈了。他终于吃完了早饭。他一面把乞丐用的陶瓦器皿放在摆茶壶的黑色的铁皮盘上，一面把所有的碎屑都收到一块沾上芥末的桌布上，然后把东西都拿走了。他本想随手关门，但手里拿着东西不能这样做。我从来没有见过这么一个老是关门的人。我跟他走到地下室的一间非常肮脏的厨房，并且光脚站在砖地上也觉得冷，于是又回身走上来，坐在火炉旁边的椅子上。炉火不旺，我未加思索，就加了一点儿煤。加煤的声音立刻把他引上楼来了，他站在那里，瞪着大眼，在屋里到处瞅着，差点儿碰到我身上。他这样检查一番以后，好像还不放心。他在门口停下来，又回头看了一会儿才走下楼去。

“我在小客厅里好像等了一个世纪，最后他才上来了，打开上楼的门。我紧紧跟着他爬上楼去。

“在楼梯中间，他突然停止脚步，我差点儿撞到他身上。他站在那里，一面回头张望，正好对着我的脸，一面还在注意倾听。‘我敢赌咒。’他说。他用那长而多毛的手揪着下嘴唇，眼睛在楼梯上下瞧来瞧去，接着又嘟嘟哝哝地向楼上走去。

“他已经伸手握住门把，可是又停住了，脸上还是那副又困惑又恼火的样子。他对我在他身边的轻微动静已经感觉到了。这个家伙的听觉一定非常灵敏。他突然发起火来：‘要是屋里有人的话……’他叫道，还咒骂一声，只是下半句恐吓的话，没有说出来。他把手伸进口袋，但没有摸着他所要的东西，于是在我身旁冲了过去，跌跌撞撞，怒气冲冲地走下楼去，把楼梯踩得直响。我坐在楼梯顶上等他回来，没有跟他下楼。

“他一会儿又上来了，嘴里还嘟哝着，打开了房门。我还没有来得及走进去，门就在我面前‘砰’地关上了。

“我决心搜索这所房子，于是就尽量不出声地搜索了一会儿。房子年久失修，实在破烂不堪，而且非常潮湿，阁楼上的糊墙纸已经剥脱，老鼠十分猖獗。门上的把手多半已经锈蚀，我也不敢去转动它们。我看过的几间屋里没有家具，其余几间乱堆着戏剧道具，从外表来看，像是从旧货店里买来的。在隔壁一间屋子里，我发现许多旧衣服。我在这些衣服中翻寻，急切间又忘掉了他那十分敏锐的耳朵。我听到暗暗走来的脚步声，抬头一看，正好看见他手里拿着一把老式的左轮手枪，瞧着这堆乱七八糟的衣服。我一声不响地站着。他张着大嘴，疑心地看来看去。‘这准是她，’他慢吞吞地说，‘她真该死！’

“他悄悄地关上门，我立刻听见钥匙在锁眼里转动的声音。接着他的脚步声就走远了。我突然明白，我被锁在屋里了。我一时不知所措，就从门口走到窗口，然后走回门口，站在那里，心里十分为难。我突然发起火来。可是我打定主意，先找衣服，然后再干别的。于是我首先从上层架子上把一堆衣服拉到地上。这个声音又把他引了回来，样子比以前更加凶狠。这一次他真的碰到我了。吓得他向后一跳，然后目瞪口呆地在屋子中间站着不动。

“不久，他稍稍平静下来。‘老鼠。’他低声说道，一边把手指放在嘴唇上，显然有些害怕。我悄悄地绕出了房间，可是脚下踩着的一块地板吱嘎地响了一声。于是，这个凶狠矮小的畜生就拿着枪走遍了整所房子，把门一道一道地锁上，然后把钥匙放进口袋。当我理解了他的意图之后，我一肚子愤恨全都发作起来了，再也不能耐心等待机缘了。这时我已知道这所房子里只有他一个人，于是我就当机立断，干脆给他当头一下。”

“给他当头一下？”肯普叫道。

“对，当他正在下楼的时候，我把他打昏过去了。是用一张放在楼梯口的凳子从他身后打的。他像一只旧靴子一样滚下了楼梯。”

“唷，可是我说，人道主义的精神……”

“这对普通人来说倒是很好的。可是关键是，肯普，我必须、伪装好了走出去，不让他看见。我想不出别的办法。我用一种路易十四式的背心塞住他的嘴，把他捆在一条床单里头！”

“把他捆在一条床单里头？”

“捆得像一个口袋，使那个白痴吓得一声不吭。这倒是一个好主意。他要解开绳子出来比登天还难——因为他的头离绳子很远。亲爱的肯普，你一面坐着，一面瞪着大眼睛，好像我杀了人似的，这样不好。他拿着左轮手枪。如果他看到了我，他一定会把我说成是……”

“可是，”肯普说，“这毕竟是现代的英国！这个人在他自己家里，而你——嗯，你在抢劫。”

“抢劫！该死！你一会儿还会说我是贼哩，肯普，你总不至于笨得按照老调子跳舞吧。你难道不了解我的处境吗？”

“还有他的处境哩！”肯普说。

隐身人蓦地站起身来：“你这是什么意思？”

肯普脸上显得有些冷酷。他差点儿要把本意说出来，但随即又改了口。“我想，不管怎样……”他突然改变了神态，“不得不这样做。你处于困境，但处于困境，但这毕竟是……”

“当然我处于困境，犹如在地狱一般！而他却在房子里搜查我，拿着那把左轮枪愚蠢地晃来晃去，把门锁上又再打开——是他自己使我撒野的。他简直是在惹我发火。你不会怪我吧，你会吗？你不会怪我吧？”

“我从来不怪任何人，”肯普说，“这不合时宜。你下一步又干了什么呢？”

“我饿了。我在楼下找到一个面包和一些发臭的乳酪——我即使饿了也吃不下那么多。我在白兰地里掺点水喝了，然后从我即兴制成的袋子旁边走了过去（他还相当安静地躺着哩），走到贮藏旧衣的屋子。这间屋子正好临街，两条带花边的窗帘脏得成了褐色，遮着窗户。我走过去，在窗帘缝中向外偷看。我所在的房子里面十分阴暗，而外面却是明亮的白昼，对比之下，明亮得耀眼。街上车水马龙，十分热闹，几辆水果车，一辆双轮马车，一辆载着一堆箱子的四轮马车，一辆鱼贩车子。我回头看看身后阴暗的壁橱，还觉得眼前有些彩色小点在飘动。我激动的心情逐渐平静下来，重又清醒地理解到自己的状况。屋里有一股淡淡的汽油味，我想这是用来洗净那些长袍的。

“我开始有条不紊地搜索起来。我能断定那个驼背在这所房子里已经单身住了一段时间了。他这个人真古怪……每一件可能对我有用的东西，我都搜罗到藏衣室了，然后我再从容地加以挑选。我找到一个合适的提包，还有一些粉、胭脂和胶布。

“我曾想涂脂抹粉，使我变得可见，但缺陷是我必须用松节油和其他器具，还得要相当长的时间才能重新隐身。最后我挑选了一个样子比较好的假鼻子，有些怪相，但比起许多人的鼻子来，也不见得多怪。我还挑选了一副黑眼镜，灰色的假胡子和假发。我找不到内衣，反正以后就能买到，我暂且用化装舞会上穿的白色衣服和一些白色羊毛围巾把自己裹了起来。我找不到袜子，可是那驼背的靴子还比较大，也就将就吧。店铺里的一张桌子里面有三个金镑，还有约值三十先令的银子。在里屋有一个锁着的小橱柜，我打开它，里面有八镑金币。我已经装备停当，又可以步入人间世界了。

“可是，我又莫名其妙地迟疑起来。别人见了我的模样不会疑心吗？我用卧室里的一面小镜子从各个角度来检查自己有没有破绽，可是看来都很不错。我那种古怪的样子，很有些像戏剧舞台上的一个吝啬鬼，但肯定看不出在肉体上有什么缺陷。为了提高自信心，我把镜子拿到楼下店铺里去，拉下橱窗的帘子，用墙角里的穿衣镜，从各种角度把自己又打量了一番。

“我用了几分钟时间来鼓起勇气，然后打开店门，大步走上街去。那个矮子什么时候愿意从床单里解脱出来，就让他自己出来吧。不到五分钟，我已经拐了十几个弯。没有人特别注意我。我最后一道难关好像已经过去了。”

他又停了下来。

“你再也没管那个驼背了？”肯普问道。

“没管了，”隐身人说，“也没有听到他的下文了。我想他自己解开了，要不然是自己踢开的。反正绳扣打得很紧。”

他沉默了，走到窗前向外眺望。

“你到河岸那儿又怎样了呢。”

“唉！幻想又破灭了。我还以为再也没有麻烦事儿了哩，还以为只要不泄露秘密，就能为所欲为，而不会受到任何惩罚哩。当时我非常乐观，我天真地以为，无论我想干什么都可以干成——因为一旦有人发现我，我只要把长袍一丢，谁也休想抓住我，如果能找到钱，只要我一伸手就能拿来。我决定先美餐一顿，然后去找一个上等旅馆住下，再设法积累一些新的资产。我很自信。回想自己过去是个傻瓜，还不免有些扫兴。我于是来到一个饭店，直到点菜的时候我才猛然想起，我要是在这里吃东西，我那张隐去的脸就会暴露出来。我点完了菜，就告诉茶房我不到十分钟就回来，我憋着满肚子的气悻悻地离开了。我不知道你有没有过在胃口大开的时候却如此扫兴的情况。”

“没有那么厉害，”肯普说，“可是我能想象得到。”

“我真想把这些该死的笨蛋打个稀巴烂。我想吃好东西，简直想得发昏了。最后，我来到另一个地方，要了一个私人房间。‘我脸破了相，’我说，‘很厉害。’他们好奇地瞅着我，可是这当然与他们无关——这样我才最后吃到了饭。这顿饭虽然不特别好，可是也还将就了。吃完以后，就坐着抽雪茄，想计划一下下一步的行动。外面又开始刮暴风了。

“我愈想愈沮丧。肯普，一个隐身人处在这寒冷而泥泞的气候中，想跻身于这拥挤而文明的城市里，谈何容易。在我决定做这个疯狂的实验之前，我曾梦想过千条万条好处。可是在那天下午似乎全都不存在了，我的心中充满了各种欲望，毫无疑问，用隐身术肯定可以弄到。可是一旦到手以后，隐了身的人却根本无法去享受它们。就说野心吧。如果你不能在人前露面的话，再显赫的地位又有何用？如果一个女人的名字是大利拉（《旧约全书·士师记》第十六章中的一个妇人，她将情人参孙出卖给敌对的非利士人），她的爱情又有何益？我对于政治，对于体育，对于慈善事业，对于沽名钓誉的恶棍行为，都毫无兴趣。我这样把自己变幻成一个无形无影的秘密东西，一个全身包扎起来的漫画式的人物，又究竟想要得到什么呢？”

他停了下来，似乎向窗外放眼眺望。

“可是，你怎样想到去伊宾村的呢？”肯普说。他非常想使他的客人说个不停。

“到伊宾村去是为了实现我的第二步计划。当时这个想法还不成熟，但是我还是抱着一丝希望。现在我认为它完全成熟了。只要我愿意，当我把隐着身子去做的事都做完以后就恢复原状，这就是我现在要和你谈的内容。”

“你是直接去伊宾的吗？”

“是的。我只带了我的三个笔记本和支票簿，带了我的行李和内衣，又定购了一些化学药品，以实现我的理想——我一拿到我的笔记本，就把那些计算交给你看——于是我就开始了。天哪！我现在想起那场暴风雪来了，为了不让雪弄湿我那纸板做的鼻子，我真伤透了脑筋……”

“终于，”肯普说，“在前天，当他们发现你的时候，从报纸来看，你真有点……”

“是的。那当然啰。我把那个笨蛋警察弄死了吗？”

“没有，”肯普说，“他有希望康复。”

“那他运气不错。我大发脾气，那些笨蛋！他们为什么不能让我自行其是呢？还有那个开杂货铺的小丑，他怎样了？”

“估计不会死人。”肯普说。

“我不知道我那流浪汉的消息。”隐身人说，很勉强地笑了一下。

“天哪，肯普，像你这一类的人不懂什么叫勃然大怒！辛苦那么多年，又是设计，又是谋划，然后来了个笨手笨脚半明半瞎的蠢货，把我的事儿弄得一团糟！……什么样的笨家伙都来跟我捣乱……再要来几个，我准要疯了——于是我迫不得已才向他们报复的。就这样，他们把我的计划完全打乱了。”

“这当然是令人恼火的事。”肯普冷冰冰地说。

第二十四章　失败的计划

“可是现在，”肯普在不被隐身人察觉的情况下瞟了一眼窗外说，“我又能为你做些什么呢？”

他向客人更加靠拢过去，以免对方突然看见正向山路走来的三个人——肯普觉得他们走得实在太慢，慢得他都难以忍受了。

“你动身去伯多克港的时候打算干什么？你有什么计划吗？”

“我原打算离开英国，可是见到你以后，我就改变计划了。因为现在天气比较热，可以隐身，我觉得我最好到南方去，尤其在人人都知道了我的秘密，人人都密切注意一个蒙头蒙面的人的时候。这儿有轮船直达法国。我的想法是冒险搭乘一艘轮船，然后就可以从法国乘火车去西班牙或阿尔及尔。这不会有什么困难。可以在那儿隐身一辈子而仍旧照常生活，同时还能干事儿。我还没有决定怎样把书和其他东西也运出国外，送到我手里。在这之前，我是把那流浪汉当作钱箱和搬行李的脚夫的。”

“这一点很清楚。”

“后来，那个肮脏的畜生偏偏想抢我。他已把我的笔记本藏起来了，肯普，把我的书藏起来了！我多想把他抓起来啊！”

“最好先设法把笔记本从他手里拿过来。”

“可是他在哪儿呢？你知道吗？”

“他在市警察局里。根据他的要求，被锁在那儿最坚固的监狱里。”

“胆小鬼！”隐身人骂道。

“不过这多少要使你的计划向后推迟一点。”

“我们一定要把笔记本弄回来，那些是性命攸关的事！”

“那当然，”肯普有点神经质地说，他好像已经听到外面的脚步声，“我们一定要把笔记本弄回来。如果警察不知道那是你的笔记本，我们弄回来是不会太困难的。”

“他们不知道。”隐身人说。他又沉思起来。

肯普想找个话题，使他继续说下去，但隐身人却自动地又开口谈了起来。

“一进入你的房子，肯普，”他说，“我的计划就都改变了。因为你是目前唯一通情达理又愿帮助我的人。尽管发生了这一切，尽管我遭受了劫难，笔记本也丢了。你能帮助我，我们成功的可能性还是很大，非常大……你没有告诉任何人说我在这儿吧？”

肯普迟疑了一下。“这一点我已经答应过了。”他说。

“没有跟任何人讲？”格里芬追问道。

“没有，绝对没有。”

“哦！现在——”隐身人站起身来，双手叉腰，在书房里踱起步来。

“我单枪匹马地干，实在是一个错误，肯普，一个大错误，结果是白费力气，白花时间，还错过了机会。单枪匹马所能做的事太少了，抢一点钱，伤几个人，就完了。

“我所需要的，肯普，是一个守球门的人，一个帮手，一个藏身的地方，是一种安排，能让我平平安安地吃饭，睡觉，休息，而不受到怀疑。我一定要有一个同伙。只要有一个同伙，有吃的，还有休息的地方，那么什么事情都好办了。

“以前我一直糊里糊涂。我们必须想想，隐身术有哪些好处，哪些害处。对偷听之类的事情，它没有多大作用——一个人总是要出声的。在破门而入等等方面，用处也很少很少。你一旦抓住我，你很容易把我关起来。可是从另一方面来说，你要抓住我，也很难。实际上，隐身术在两种情况下最有用。一种是用于逃跑，一种是用来接近对方。因此，它对于杀人特别有用。我可以走近一个人，不管他拿着什么武器，我都可以选择好位置，随心所欲地给予一击，然后又可以随心所欲地躲避和逃脱。

“而我们必须杀人，肯普。”

“我们必须杀人？”肯普重复了一遍，“我是在听你的计划，格里芬，可是我并不同意，这一点请你记住。为什么要杀人呢？”

“不是乱杀，而是有选择性地杀。关键是：他们知道有个隐身人，就像你我都知道的一样——而现在，肯普，隐身人必须建立一个恐怖王朝，是的，这确实骇人听闻，但我是认真的，必须占领一个城市，使它陷入恐怖，并且统治它。势必要发布命令，他可以用许多的办法来完成。例如把一张纸条塞在门缝里就行了。凡是不服从他的命令，就统统杀掉，还要杀掉一切敢于起来保护反抗者的人。”

“哼！”肯普说着，他不再听格里芬说话，而谛听前门正在开关的声音。

“依我看来，格里芬，”他说，想把他心不在焉的样子遮掩起来，“你的同伙是不好当的。”

“谁也不知道他是同伙呀。”隐身人急切地说。接着他突然“嘘”了一声：“楼下是怎么回事？”

“没什么，”肯普说，接着突然提高了嗓门，急切地说，“我不同意，格里芬，请理解我的意思，我决不同意你这样做，为什么要梦想同全人类作对呢？你又怎么能梦想由此得到快乐呢？公布你的成就吧，千万别一意孤行，格里芬，请相信这个世界，至少要相信你的国家。想想吧，要是有了千百万个助手，你能做多少事啊……”

“楼梯上有脚步声！”隐身人伸出手臂打断了他的话。

“没有哦。”肯普说。

“让我看看。”隐身人说，伸着手臂向门口走去。

肯普迟疑了一下，就前去阻拦他。接着发生的事进行得非常迅速，隐身人吃惊地站住了。“叛徒！”那声音叫了起来。于是睡衣突然解开了，接着坐了下来，隐身人开始脱衣服。肯普向门口快速跨了三步，隐身人的腿已经不见了，他大吼一声，猛地打开了门。

门一开，就听到楼下急促的脚步声和说话声。

肯普很快把隐身人向后一推，就跳过一旁，把门砰地关上了。钥匙在门外的锁眼里。但此时天不遂人意，出现了一个小小的差错，格里芬马上就要单独地被关在书房里成为一个囚犯了。钥匙是在当天早晨匆忙地插进锁眼的。当肯普砰的一声把门关上的时候，房门钥匙“咣啷”一声掉到地毯上了。

肯普的脸色吓得苍白了。他还没来得及把钥匙捡起来反锁上房门，隐身人已冲到门边，猛地拉门，肯普不得不用双手死死地抓住门把，顶住门，不让隐身人出来，可是，隐身人的力气比肯普大多了，他很快将门推开，睡袍——隐身人一点一点地从门里挤出来了，然后，肯普感到一阵窒息——他的喉咙被看不见的手指掐住了，于是他不得不放弃门把手进行自卫，他被推向后去，脚下一绊，就沉重地摔到楼梯口的一个角落里去了。脱下来的睡衣朝他的身上飞来。

走到楼梯中间的是收到肯普信件的伯多克警察局局长阿迪上校。他看到肯普突然出现，接着看到那件睡衣在空中舞动的异常景象，不禁吃了一惊。他亲眼看见肯普摔倒在地，又挣扎起来，他还看到肯普摇摇晃晃地向前冲去，接着又重重地跌落下来，摔倒在地上。

接着，阿迪上校自己突然重重地挨了一拳。可是看不见是谁打的，好像有一个极其沉重的东西跳到他身上，掐住他的喉咙，一个膝盖抵住他的胯下，他就头朝下地从楼梯上被扔了下去。然后，两只看不见的脚从他的背上踩过去，随后地板上响起了一阵幽灵似的脚步声。他听见门厅里的两个警察大叫起来，拔腿就跑，接着房子的大门就砰的一声关上了。

阿迪上校翻过身子，坐起来张望。只见肯普蹒跚地走下楼来，满身灰土，头发乱蓬蓬的，半边脸被打得发青，嘴唇也破皮出血了，双手抱着一件暗红色的睡衣和一些别的衣服。

“天哪！”肯普叫道，“完了，他跑了！”

第二十五章　追捕隐身人

肯普简直语无伦次，阿迪一时弄不清刚才突然发生了什么事。他们站在楼梯口，肯普匆忙地说着话，格里芬身上裹缠的东西还在他手臂上挂着。可是不久，阿迪对这里的情况开始有点明白了。

“他疯了。”肯普说，“他完全丧失了人性，是个极端自私自利的疯子，他除了自己的利益和安全，其他什么都不顾了。今天早晨我听了这种追求私利的暴力的经过……他打了人。我们不阻止他的话他还要杀人。他要制造恐怖。谁也没有办法阻止他。他现在跑出去了——他在大发雷霆！”

“一定要抓住他，”阿迪说，“这是肯定无疑的。”

“可是怎么个抓法呢？”肯普叫道。突然他有了许多主意：“你必须立刻动手，你必须把每一个用得着的人都派出去执行任务，不让他逃离这个区域。他一走掉，就可以在农村任意来往，杀人伤人。他梦想建立一个恐怖统治！恐怖统治，我告诉你。你必须在火车上，公路上和轮船上都派人监视。警备部队必须全部出动。你必须尽快打电报去求援。唯一能使他留下来的理由，就是夺回几本他以为非常宝贵的笔记本。这一点我要告诉你。在你的警察局里有一个人——叫马维尔。”

“我知道，”阿迪说，“我知道，那些笔记本——不错，可是那个流浪汉……”

“你不必阻止他吃饭睡觉——大家都必须日夜动员起来对付他。食物一定要锁起来，所有的食物都要锁起来，使他非得砸碎锁才能拿到吃的，家家户户都要把门闩好，不让他进去，但愿老天爷赐给我们寒冷的夜晚和雨水吧！整个农村必须动手搜捕，而且不断搜捕下去。我告诉你，阿迪，他是一个危险因素，他会带来一场灾难。除非把他抓到，否则将发生不测的事，连想一想就觉得可怕。”

“我们还能做些什么事？”阿迪说，“我必须立刻下楼去动手组织。可是你为什么不来呢？对了，你也来吧。来吧，我们必须开个紧急军事会议——找霍普斯来帮忙——还有铁路经理们。天哪！真紧急。来吧——我们一边走，你一边告诉我。我们还能做什么事？你把手上的东西放下来吧。”

一会儿，阿迪正在领头下楼，发现前门开着，警察站在门外向空无一人的地方张望。“他跑掉了，先生。”一个警察说。

“我们必须立刻去总局，”阿迪说，“你们让一个人下山，叫辆马车过来接我们——要快。好吧，肯普，还要带什么？”

“狗，”肯普说，“还要带上几只狗。它们虽然看不见他，却能嗅出他来。把狗带来。”

“很好，”阿迪说，“这一点一般人都不知道，可是霍尔斯泰德的监狱官认识一个豢养警犬的人。狗，还要什么？”

“还要记住，”肯普说，“他吃下去的东西是看得见的。吃完以后，在没消化之前，这些食物在体内是看得出来的——也就是说，他吃完东西以后就不得不躲起来。你一定要不断地搜索。每个丛林，每一个偏僻角落都要搜索。还要把一切武器——一切可以当作武器的用具都收藏起来。他不可能随身带这类东西。凡是他可以拿来打人的东西都要收来。”

“真是个好建议，”阿迪说，“我们很快就会抓到他！”

“所有马路上……”肯普吞吞吐吐地说。

“怎么？”阿迪说。

“都要撒上碎玻璃，用碎玻璃扎他的脚。我知道这做法很恶毒，可是我们没有其他办法了。可是想想看！他会干出什么事情来。”

阿迪突然倒抽了一口凉气。“这太不光明正大了。不过也难说。反正我会把碎玻璃准备好的。如果他太过分的话……”

“这个人已经失去人性，我告诉你。”肯普说，“我敢肯定，一旦他从逃跑时的不安情绪中恢复过来，就会着手建立一个他的恐怖王朝。我们唯一的机会就是先下手为强。他自绝于人类，必定自食其果。”

第二十六章　威克斯蒂德被杀

隐身人在冲出肯普家大门时，几乎愤怒得发狂。一个小孩正在门口玩耍，忽然被猛地抓起，扔在一旁，小孩的脚脖子立刻摔伤了。以后的几个小时中，隐身人便销声匿迹，谁也不知道他上哪儿去了，也不知道他干了些什么。但是可以想象，他冒着六月天的午前炎热，急忙爬上山去，一直跑到伯多克港后面的开阔的丘陵，为他坎坷的命运而感到愤恨和失望。最后，他又热又累，就躲到欣汤丁的丛林里，再次拼凑他那反对人类的而已被破坏的计划。那地方似乎是他最可能的隐蔽所，因为就在那里，在下午两点钟左右，他以一种惨无人道的方式再次显示了他自己。

有人猜想在那个时候他可能怀有什么样的心情，他想出了什么样的计划。毫无疑问，他被肯普的背信弃义给气疯了，虽然我们可以理解那种欺骗行为的动机，但是我们仍能想象，甚至有几分同情他由于遭人暗算而引起的愤恨。也许他像在牛津街那时候一样，又一次大吃一惊，因为他在梦想实现恐怖世界的时候，显然指望着得到肯普的合作。总之，在中午的时候，他神不知鬼不觉地走了。在两点半之前，谁也不知道他在干些什么。也许对人类来说，这是万分幸运的事，但对他而言，却是致命的。

就在隐身人没有再采取行动的时候，愈来愈多的人分散到了乡下，而且开始忙碌起来。早晨的时候，他在人们的心目中还是一种传说，一种恐怖，可是到了下午，主要是因为肯普的不加渲染的布告，他已被描述成一个实实在在的必须加以伤害、拘捕、制服的敌人了。四乡里的乡亲们得到了消息，开始以迅雷不及掩耳的速度组织起来。本来，在两点钟的时候，隐身人还有机会乘火车离开这里，可是一过两点就不可能了，在南安普敦、温切斯特、布赖顿、霍香这四个地点之间的巨大的平行四边形内，因为每辆来往的客车都锁上了门，而货车则几乎都停止了运货。在伯多克港周围二十英里内，携枪带棍的人，三四个人一组，带着狗，派到马路上和田野搜索。

骑着马的警察沿着乡间小巷来巡逻，挨门挨户地警告人们把房门锁上，告诉人们如果没带武器就不要出门。所有的小学在三点钟都提前放了学。心里害怕的孩子们成群结队地赶回家去。肯普的布告——由阿迪签署——在当天下午四五点钟的时候，几乎贴满了整个地区。这布告简单明了地向人们介绍了这场斗争的性质，还说务必不要让隐身人吃饭睡觉，必须时刻警惕并随时注意他的任何行动的蛛丝马迹。没等天黑，方圆几百英里的地方早已戒备森严。但是就在这个时候，一场令人战栗的恐怖横扫了整个戒备森严、惊恐不安的乡村。人们交头接耳，把威克斯蒂德先生凶杀案迅速无误地传遍了整个地区。

如果隐身人的确像我们所估计的隐蔽在欣汤丁村里，那么我们就必须假定他在午后不久又冲了出去，打算用武器来实施某个计划。我们不知道是什么计划，但他在遇到威克斯蒂德之前就手持铁棍，这一点对我来说，至少是无法否认的。

那些相遇的详细情况，我们毫无所知，它发生在沙坑边上，离开伯多克爵士仆人住房大门不到二百码远。践踏过的地面，遍体鳞伤的威克斯蒂德先生，他那断裂的手杖——一切迹象都说明是一次拼死的搏斗。可是为什么要进行袭击呢，除非是一种凶杀的疯狂，否则是不能想象的。的确，几乎无法不认为他疯了。威克斯蒂德是四十五六岁的人，伯多克爵士的管家，嗜好和模样都不惹人讨厌。他是世上最不可能激怒那可怕的对手的人了。看来隐身人用了一根铁棍来对付他，是从一块破栅栏上抽出来的。他拦住了这个安静地回家吃饭的沉默寡言的人，袭击了他，打垮了他无力的自卫，打断了他的手臂，把他打倒在地，打得他脑浆迸裂。

他一定在遇见那被害者之前就抽出了那根铁棍——他一定早就把铁棍拿在手里了。只有两个前面没有提到的细节与事情有关。一个是：那沙坑并不在威克斯蒂德直接回家的路上，而是在离这条路将近二百码的地方。另一个细节是：一个小女孩坚持说在她下午上学的时候，看见那死者怪模怪样地“快步”越过田野向沙坑走去。从她模仿他的动作来看，好像是在追逐他面前地下的什么东西，时时用手杖向它打去。她是最后一个见到他活着的人。他离开了她的视野，走向死亡。那场搏斗被一个榉树林和地上一个浅坑挡住了，她没有见到。

现在，至少在本书作者看来，这个细节把这场谋杀案划出了纯属无故乱杀的范围之外了，我们可以想象，格里芬确实拿这根铁棍当作武器，但并没有故意用它来杀人。威克斯蒂德可能打这儿经过，发现这根铁棍不可思议地在空中移动着。他根本没有想到隐身人——因为伯多港在十英里以外——他也许上前追它。可以相信，他甚至连听都没有听说过有隐身人。这样，我们可以想象隐身人赶路想悄悄离开，以免在附近被人发现，而威克斯蒂德却激动而好奇，追逐着这不可理解的运动着的物体，而最后打着了它。

在一般情况下，隐身人无疑是能轻易地远远地躲开那中年追逐者的，但从威克斯蒂德尸体所在的地方可以看出，他不幸把他的追猎对象赶到了一堆有刺的荨麻和沙坑之间的角落里去了。对于领教过隐身人异常暴躁性格的人们来说，这次相遇以后的情景自然不难想象。

但这纯粹是假设。孩子的话常常是靠不住的。唯一他能否认的事实，是发现威克斯蒂德的尸体（他的确是被打死的），以及扔在荨麻中的那根血迹斑斑的铁棍。格里芬丢弃了铁棍，这使人想到，在这一事件的感情冲动中，他拿铁棍要达到的目的——如果他有目的话——也已丢弃了。他肯定是一个极端利己主义的毫无感情的人。不管他策划了什么行动方案，但当看到他的被害者，他第一个被害者，血流满面地躺在他脚下时，那种惨相也许使他长期禁锢在心里的悔恨的泉流，一时之间汹涌起来了。

杀死了威克斯蒂德先生之后，他穿过乡间，向丘陵走去。据说在太阳下山前后，有两个人在费恩凹地附近的田间听到一个声音。这声音一会儿痛哭，一会儿大笑，一会儿呻吟，还不时歇斯底里地叫喊，听起来好古怪。这声音穿过一块稻田，然后进入山间渐渐听不见了。

那天下午，隐身人一定已经知道肯普神速地利用了他所吐露的秘密。他一定已经发现家家户户都已关门上了锁。他可能在火车站附近逗留过，在旅馆附近徘徊过。毫无疑问，他看过布告，而且了解了对他进行斗争的性质。入夜了，田野中到处都有三四个一组的人，加上狗吠，十分喧哗。这些追捕都接到过特别指示，如果一旦发生遭遇，就怎样互相支援。可是他全都躲开了。我们可以稍稍理解他的恼怒（而且恼怒透顶），因为是他自己提供了情报，却被无情地用来对付他自己了。至少那一天，他丧失了勇气，因为除了他攻击威克斯蒂德这一段时间以外，将近二十四小时内，他是一个被追捕的人。夜间，他一定吃过东西，并且睡过觉了，不然他不可能有这么好的精力。现在他又恢复如初，活泼而有力，愤怒而充满邪恶，准备对这个世界做一次最后的生死搏斗。

第二十七章　包围肯普住宅

肯普收到了一封奇怪的信，这封信是用铅笔写在一张沾满油渍的纸上的。

“你真的聪明能干，”信上写道，“虽然我想不出你从中能得到什么好处。你反对我，你搜索我，搜索了整整一天——你想剥夺我一夜的休息。尽管如此，可我还是吃过东西，睡过觉了，而游戏才刚刚开始。这场游戏才刚刚开始哩。对我来说，除了建立恐怖王朝之外，别无选择。这封信便是宣布这恐怖王朝开始的第一天。告诉你的警察朋友和其他的人吧，伯多克港已经不再属于女皇陛下的管辖范围了，它属于我——恐怖大王！今天是新纪元——隐身人时代的元年元旦。我是隐身人一世。作为开始，统治是宽容的。为了警示大众，将对一个人处以死刑，这个人名叫肯普。今天他的死期到了。他可以把自己锁起来，躲起来，保卫起来，如果他愿意，还可以穿上铠甲——但是死亡，无形的死亡正在来临。让他当心——这将使我的人民铭记在心。死神大约在中午时分从邮筒开始。当邮差走来然后离开时，信就将丢进去了！游戏开始了。死亡开始了。我的人民，谁也别帮助他，否则死亡也会落在你的头上。今天，肯普是死定了。”

肯普把信读了两遍。“这不是恶作剧，”他说，“这是他的口气，他是当真的。”

他把那张折着的纸翻了过来，在写着地址的那一面上有欣汤丁的邮戳和无聊的细节：“欠资两便士。”

这封信是午后一点钟的邮班送到的，肯普收到信后，很快就行动起来。他饭也没有吃完就站起身来，走进书房。他打铃叫来女管家，叫她立刻去检查房子里所有的窗闩，把所有的百叶窗全都关上。他自己把书房里的门窗关好，然后他从卧室里的一个上了锁的抽屉里取出一支小型左轮手枪，细心地检查了一下，装进他的便衣口袋里，写了许多便条（其中有一张是给阿迪上校的），交给他的女仆，明确地指示她怎样离开这所房子。“没有什么危险。”他说，接着补充了一句心里话，“对你来说是如此。”他做完这件事以后还思索了一会儿，然后去把冷了的饭吃了。

他一边吃，一边想。最后他突然拍了一下桌子。“我们会抓住他的！”他说，“我就是诱饵。他会自取灭亡的。”

他走上观景楼，仔细地随身关上每一扇门。“这是一场游戏，”他说，“一场古怪的游戏，尽管你能隐身，尽管你胆大，格里芬先生，可是我稳操胜券。格里芬违反天意……尽搞欺骗、报复！”

他站在窗口望着炎热的山坡。“他每天得找东西吃——这倒不会令我羡慕。昨天晚上他真睡过觉了吗？在某一个露天的地方——不怕碰见人。但愿天气又冷又湿，别这么热。也许他现在正盯着我哩。”

他走近窗户，突然从窗框上面的砖头上传出轻轻敲击的声音，吓得他连忙倒退了几步。

“我有点神经过敏了。”他说。可是不到五分钟，他又走到窗口。“一定是一只麻雀。”他说。

不久，他听到前门响起铃声，就急忙下楼，他拉开门闩，打开锁，扣上了保险门链，然后闪身在门背后，小心翼翼地拉开一条门缝。一个熟悉的声音叫了他一声，他定睛一看，来人原来是警察局局长阿迪。

“你的仆人遭到袭击了，肯普。”他隔着门缝说。

“什么！”肯普惊叫道。

“把你写的便条拿走了。他就在这儿附近。让我进来。”

肯普解开门链。阿迪在那窄小得只能过一个人的门缝里挤了进来。他站在门厅里，如释重负地看着肯普把门关上。“便条从她手里抢走了，把她吓得要死。她现在在警察局，歇斯底里地发作呢。他就在这儿附近。便条上写些什么呀？”

肯普咒骂了起来。

“我真是个傻瓜！”肯普说，“我早该知道。从欣汤丁走来，顶多不到一个小时。事已如此了！”

“怎么了？”

“你看！”肯普说着，一边前面带路到他的书房去。他把隐身人的信交给阿迪。阿迪看了一遍，轻轻地吹了一声口哨。“那么你……”阿迪说。

“想搞一个圈套——可是我像一个傻瓜，”肯普说，“把我的计划叫一个女仆送出去。反倒给了他了。”

肯普有气无力地说。

“他会逃开的。”阿迪说。

“他可不是那种人。”肯普说。

这时，楼上传来一阵打碎玻璃的声音。阿迪一眼看到肯普把一支闪闪发亮的小型左轮枪从口袋里抽出一半来。“这是楼上的一扇窗户！”肯普说，就领先走上楼去。他们还在沿着楼梯向上走的时候，又传来了第二阵碎裂声。他们来到书房，发现三扇窗户已打碎了两扇，碎玻璃溅了半间屋子，还有一块大石头留在写字台上。两人站在门口凝视着被损坏的窗户。肯普又咒骂起来，这时第三扇窗户像手枪开火似的啪的一声碎裂了，一块块锯齿形的三角碎片还抖动了一会才往屋里崩塌下来。

“这是干什么？”阿迪说。

“这还刚刚开始哩。”肯普说。

“这儿爬得上来吗？”

“猫也爬不上来。”肯普说。

“没有百叶窗吗？”

“这边没有。楼下的房间却有——喂！”

楼下传来一阵碎裂声，接着又听见有人重重砸木板的声音。“该死的，他来了！”肯普说，“这一定是他，隐身人！他在砸卧室，他想砸烂整个屋子。但他是个傻瓜。百叶窗都关上了，玻璃要往外掉的。他会割破自己的脚的。”

另一扇窗户又一声响，也被打破了。两个人站在楼梯口上，束手无策。“我有办法了！”阿迪说，“给我一根手杖或别的什么东西，我下山到警察局去把警犬放出来。这样就准能收拾他！”

又一扇窗户也步其他窗户的后尘给打碎了。

“你不是有一支左轮枪吗？”阿迪问道。

肯普把手伸进口袋，但转念间又犹豫起来。“我没有……我只有一支。”

“我会把枪给你还回来的。”阿迪说，“你在这儿很安全。”

肯普为自己瞬间的自私心理感到很不好意思，便把枪递给了阿迪。

“现在去开门。”阿迪说。

他们站在门厅里还在犹豫的时候，就听见二楼卧室的一扇窗户又被打碎了，肯普走到门口，尽量不出声地把门闩拉开。他脸上比平时稍稍苍白一些。“你出门的动作要快。”肯普关照说。“好的。”阿迪说。肯普便打开了门。阿迪走了出去。门又被闩上了。阿迪迟疑了一会儿，觉得背靠在门上比较放心。接着他大步走下台阶，他穿过草坪。突然，好像有阵微风吹过，他同时感觉到有什么东西向他移近。“站住！”一个声音说。阿迪愣了一下，下意识地握住了口袋里的左轮枪。

“怎么样？”阿迪说，脸色苍白而坚定，身上每根神经都绷紧了。

“请回到房子里去。”那声音说道，像阿迪一样地紧张而坚定。

“对不起。”阿迪嗓音稍稍嘶哑地说，舌头舔了舔嘴唇。他觉得那声音在他的左前方，他想开一枪，也许能碰上运气。

“你打算干什么？”那声音说。两个人很快地移动了一下，阿迪衣袋口边上阳光一闪。

阿迪停下来并思考了一会。“我去哪儿，”他慢吞吞地说道，“你管不着。”话未说完，他的脖子就被一条胳膊绕住了，背上也被一个膝盖抵住，他就四肢伸开向后摔跌在地上。他笨拙地拔出枪来，愚蠢地乱开了一枪，接着他的嘴上就挨了一拳，枪也从他的手里被夺走了。他从一条光溜溜的手臂旁抓了个空，他想挣扎着站起身来，可是又被摔倒了。“该死的！”阿迪说，那声音笑了起来。“要不是怕浪费一颗子弹，我早就打死你了。”那声音说。阿迪看见那把左轮枪正在六英尺以外的半空中瞄着他。

“怎么样？”阿迪坐起来说。

“站起来。”那声音说。

阿迪站起身来。

“注意！”那声音说，接着口气严厉起来，“别耍花招，不要忘了，你看不见我可我看得见你。你非得回房子里去不可。”

“他不会放我进去的。”阿迪说。

“那很不错，”隐身人说，“可是我不跟你争。”

阿迪又舔了舔嘴唇。他把视线从左轮枪的枪管移开，看着远处的大海，在中午的阳光下的深蓝色的大海，看看平坦的绿色的高地，海角上白色的悬崖，熙熙攘攘的城市，他突然觉得生命多么的宝贵。他的眼睛转回到六英尺以外悬在半空的这个金属玩意儿上来。“要我做什么？”他忧郁地说。

“要我做什么？”隐身人反问，“你会得到帮助的。只要你回去。”

“我试试看。要是他让我进去，你能答应我你不冲进门去吗？”

“我不跟你吵。”那声音说。

肯普让阿迪出去以后就匆匆赶到楼上。他现在蹲伏在碎玻璃中间，在书房窗台边上小心地窥视着。他看见阿迪站在那儿同隐身人谈判。“他为什么不开枪呢？”肯普低声自语道。接着那左轮枪稍稍移动了一下，闪烁着的阳光反射到肯普的眼睛里。他把手放在额头上遮住眼睛，想朝刺眼的光线方向看去。

“可以肯定！”他说，“阿迪已经被缴械了。”

“请你答应不冲进门去，”阿迪说道，“不要欺人太甚，给人家一条出路吧。”

“老实点，给我回到房子里去。我直截了当地告诉你。我什么也不答应。”

阿迪似乎突然拿定了主意。他转过身，反背着手，慢慢地向房子走去。肯普困惑地看着他。左轮枪在阿迪的身后一会儿不见了，一会儿又出现了，时隐时现。像一个黑色的小东西跟在阿迪身后。当阿迪快走到肯普房子的台阶时，突然，说时迟，那时快，只见阿迪向后纵身一跳，转过身子就想一把抓住那小玩意。但是，他什么也没有抓住，反而双手一举，向前栽了下去。然后就躺着不动了。

肯普对阿迪一动不动的姿势看了一会儿。下午的天气十分炎热，宁静无风。只有一对对蝴蝶互相追逐着，飞过房子和路边大门间的灌木丛。阿迪躺在门旁的草坪上。山路两旁的别墅都放下了窗帘，只有一所浅绿色的避暑山庄里有一个白色的身影显然是一位老人在午睡。肯普仔细观看自己房子周围，想看到那把左轮枪，但它已消失了。他又去看阿迪——游戏开始得不错。

接着，前门有人又打铃又敲门，愈来愈响，最后简直响成一片，可是仆人们遵照肯普的指示留在屋里，并且加了锁。随后又寂静下来，肯普坐在那里谛听着，然后小心地在三扇窗户那儿，一扇一扇地向外窥视。他走到楼梯口，忐忑不安地站着倾听。他拿起卧室的拨火棍当作武器，再去检查一次一楼的窗闩。一切都安然无恙。他又回到楼上去。阿迪还像他栽倒的时候一样，一动不动地躺在沙砾地的边上。那女仆和两个警察沿着别墅旁边的小路正朝这儿走来。

一切都死一般地沉寂无声。那三个人看起来似乎走得极其缓慢。肯普猜想他那敌手现在正在干什么事。

他吃了一惊。楼下有一阵碎裂声。他迟疑一下，就又走下楼来。突然整个房子都由于沉重的捶击和木头的碎裂而震响起来了。他听到一阵碎裂声和百叶窗铁栓清脆的铿锵声。他转动钥匙。打开厨房门。这时，被劈成碎片的百叶窗飞落到厨房里来。他站在那里吓呆了。那窗架子（除了一根横档外）仍然完整，可是只有一丁点锯齿形的碎玻璃还留在窗架上。百叶窗已被一把斧子砍掉了，现在这把斧子正暴风骤雨般地劈在窗架和保护窗架的铁档上。然后那斧子突然跳开去，不见了。肯普看见左轮枪放在外边的小路上，这时这个小型武器跳到半空中来了。他向后一缩。只是左轮枪打得太晚了一点，一块木片从那扇正关闭的门边上碎裂开来，飞过他的头顶。他砰地关上厨房门，加了锁他站在门外，听到格里芬大叫大笑。接着，斧子的砍劈声和碎裂声又响了起来。

肯普站在走廊里思索。隐身人马上就要到厨房里来了。这扇门又挡不了多久，以后呢……

前门又响起枪声，想必是警察。他奔到门厅，扣上门链，拉开门闩。他让女仆先说了句话，才放下链子，于是那三个人闯进屋来，跌成一堆。肯普又把门猛地关上。

“隐身人！”肯普说，“他有一支左轮枪。还剩两发子弹。他打死了阿迪，是用枪打死的。你们看见他躺在草地上没有？他就躺在那里。”

“谁被打死了？”一个警察说。

“阿迪。”肯普说。

“我们是从后面绕过来的。”

“那劈里啪啦是什么声音呀？”一个警察问。

“他在厨房——他马上就要爬进厨房里来了。他找到了一把斧子。”

突然整个房子都响起了隐身人猛烈地劈砍厨房门的声音。那女仆瞪着厨房，然后跑到餐厅去了。肯普话不成句地想解释一下。这时他们听见厨房门被劈开了。

“这儿来。”肯普叫道，突然爆发出活力，把两个警察推到餐厅门口。

“拨火棍。”肯普说着就冲到火炉围栏那儿去。他把手里的拨火棍递给一个警察，又把餐厅的那一根递给另一个警察。他突然向后跳开。

“嗬！”一个警察说，往下一缩，用拨火棍挡住了斧头。手枪砰的一声，射出倒数第二颗子弹，把一幅名贵的辛德尼·库珀[1]的画

① 辛德尼·库珀（1803—1902）：英国著名的风景画画家。

射穿了。另一个警察像打一只马蜂一样，用拨火棍打落了那个小型武器，它咯咯作响地掉到地板上。

第一次发出金属碰撞声时那女仆就尖叫起来，站在壁炉旁边尖叫了一会儿，然后奔去开百叶窗，可能想从打坏的窗户逃跑。

那把斧子退到走廊里，垂在离地二尺的地方。他们能听到隐身人的喘息声。“你们俩走开，”他说，“我只要肯普一个人。”

“我们要你！”第一个警察说着，同时迅速向前一步，操起拨火棍朝那声音挥去。隐身人慌忙朝后退去撞倒了背后的雨伞架。接着，那个警察扑了个空，正要收回拨火棍，站稳身子，打算再次向前挥去时，隐身人已经先发制人，飞快地给了那警察一拳，那警察没站稳，跌倒在地，拨火棍也飞了出去。另一个警察见状捡起飞出去的拨火棍，对准斧子后面打去，啪的一声，打在一个软软的什么东西上。有人痛得尖叫一声，斧子就掉到地上了。那警察又向空处挥舞了一阵，什么也没打着，他踩在斧子上，又打了几下。然后他握紧拨火棍，站在那里仔细倾听最细微的动静。

他听见餐厅窗户被打开了，餐厅里面还有一阵急促的脚步声。他的伙伴翻身坐了起来，鲜血从眼睛和耳朵之间流了下来。“他在哪儿？”地板上坐着的人问道。

“不知道，我打着他了。他在门厅里的什么地方站着，要不然就是从你身旁溜跑了，肯普医生——先生！”

“肯普医生。”警察又叫道。

第一个警察挣扎着想站起来。他站起身来了。突然厨房楼梯上隐约传来光脚走路的声音。“呀！”第二个警察一边叫道，一边把他手里的拨火棍扔了出去。却把一个煤气灯托架打碎了。

他好像打算下楼去追赶隐身人，不过回头一想还是不追为妙，于是便跨步走进了餐厅。

“肯普医生……”他开始喊，但又突然停住了。

“肯普医生是一个英雄。”当他的伙伴回过头来的时候，他说道。

餐厅的窗户大开着，无论女仆还是肯普都不见了。

第二个警察对于肯普的评论多么简短扼要，而又多么生动逼真啊。

第二十八章　作法自毙

希拉斯先生是别墅主人中住得离肯普先生最近的邻居。在肯普住宅被包围的时候，他正在他的避暑山庄里午睡。希拉斯先生也是一个认为有关隐身人的事全是无稽之谈的人。可是他的妻子，就是后来提醒他的人，却相信有隐身人。他若无其事地照样在他的花园里散步，而且还按老习惯照样午睡。肯普家窗户被打碎的时候，他一直睡着，后来突然惊醒过来，奇怪地觉得出了什么事了。他望着对面肯普的住宅，擦擦眼睛又望了望。接着他下了地，坐在那里倾听。他咒骂自己，但那奇怪的东西还是看得见。肯普的住房看来像经过一次暴乱后有好几个星期没有人住过一样。每扇窗子都砸碎了，而且除了书房的窗户以外，每扇窗子都用里面的百叶窗挡住了。

“我可以发誓，”他看了看表，“二十分钟以前那房子还是好好的。”

他听到了远处有节奏的震荡和玻璃破碎的声音。正当他还在为此震惊的时候，一件更奇怪的事发生了。肯普客厅窗户的百叶窗猛地被推开了。那女仆穿戴着出门的帽子和外衣，疯狂使劲把窗框推上去。突然在她身旁出现了一个男人，正在帮着她推——那是肯普医生！过了一会窗户打开了，女仆挣扎着跳出窗户；她向前跌了下来，然后消失在灌木丛中。希拉斯先生见到这些怪事就站起身来，含糊不清地使劲叫喊。他看见肯普站在窗台上，跳了下来，他也沿着灌木丛中的小路奔跑，一面跑还一面弯着腰，似乎怕人看见。他消失在一丛金链花后面，接着又看见他正在攀越紧靠那开阔高地的一个栅栏。他迅速地爬了过去，然后以极快的速度奔下斜坡，向希拉斯先生这里跑来。

“天哪！”希拉斯先生叫道，突然想起来了，“这是隐身人那个畜生！原来还真有隐身人哩！”

正当希拉斯先生在考虑对策的时候，他的厨师在顶窗上也惊奇地看到肯普迅猛地以每小时足有九英里的速度向这房子冲来。这时，许多门都砰地关上，铃都响了起来，希拉斯先生咆哮着吼叫着：“关门，关窗，什么都关上，隐身人来啦！”房子里顿时充满着尖叫声、命令声和急促的奔跑声。他自己跑去关那通往阳台的落地窗。正在这时，肯普的头、肩和膝盖在花园的篱笆上出现了。一会儿，他就穿过龙须菜地，越过草地网球场，向希拉斯的房子奔来了。

“你不能进来。”希拉斯先生说着，一边插上门闩，“如果他在后面追你的话，我心里也过意不去——但是你不能进来！”

肯普紧靠着玻璃，满面惊恐，先是敲打，然后就疯狂地摇起那落地窗来。他明白自己是在白费力气，便朝着阳台奔去，双手一撑，跃过阳台，捶起那扇边门来。然后他又从边门绕到房子前面，这样来到了山路上。希拉斯先生面带恐怖地在窗户里面盯着他，他看到肯普还没有从视野里消失的时候，那些龙须菜就被一双看不见的脚踩得东倒西歪了。希拉斯先生看见以后，就急忙逃上楼去。以后是怎样追逐的，他没有看见。但他经过楼梯窗口的时候，他听见那扇边门砰地又响了。

一进入山路，肯普自然朝着下坡的方向奔跑，这样，仅仅在四天以前还在观景楼上用挑剔的眼光观看过的那场赛跑，现在却轮到他自己来参与了。作为一个缺少训练的人，他跑得居然不错，他脸色苍白，满头大汗，但他的头脑始终清醒。他大步地奔跑着，而且专拣那些粗糙不平的地面，或铺满了碎石子和碎玻璃的地方跨过去，希望由此而把那双紧跟在他后面的无形的光脚甩掉。肯普有生以来第一次发现茫茫的山路竟如此漫长而荒凉，山脚下的城郊今天显得特别遥远。要是赶路的话，再也没有比奔跑更慢更痛苦的了。沉睡在下午的阳光下的那些别墅，看来都已加锁上闩。毫无疑问，这是根据他自己的命令才这样办的。可是无论如何他们总可以伸出头来，看看有没有像自己这样的意外之事吧。他愈往山下跑，城市就愈显得升高起来，而那大海都被城市挡住看不见了，山下的人们还在熙熙攘攘，一辆驿车刚到达山脚下。再过去就是警察局了。他听到的脚步声就在他后面吗？往前跑吧！

山下的人们都注视着他。有一两个人正在奔跑，他已经开始上气不接下气了。现在缆车已经很近，快乐的板球手旅店正在闩门，声音嘈杂。过了驿车就是许多标杆和一堆堆沙子——排水工程。他曾想过跳进缆车把门关上，后来他又决定跑到警察局去。终于，他跑过了快乐的板球手客栈门口，来到了泥泞的街道尽头。那里周围都是人。驿车夫和伙计瞧他那副急疯了的模样，全都惊呆了，连马都顾不上套了。远处，筑路工站在高高的沙砾堆上，露出惊讶的神色。

他跑得慢了一点，就听到迅速追来的脚步声，于是他又向前猛跑。“隐身人！”他向筑路工人们叫道，还做着含糊不清的手势。他灵机一动，越过一个挖好的土坑，让那群结实的工人隔在他和追逐者之间。接着，他放弃了去警察局的想法，转到一条小路上，从卖蔬菜水果的车旁冲了过去，在甜食铺门口迟疑了一刹那，接着又跑向一条小巷的巷口，从那小巷又可以转回到那主要的希尔街上去。两三个小孩儿在那里玩耍，一见到他的怪相就尖叫起来，四处奔跑，情绪紧张的母亲们立刻打开门窗来看她们的孩子。他又冲到希尔街上来了，离开驿车终点站还有三百码远，他立刻发现人们一阵喧嚷，并且奔跑起来。

他抬起头来向着通往山上的街道看去。不到十二码的地方，有一个魁梧的筑路工人正在奔跑，一面断断续续地咒骂，一面用一把铁锹凶恶地乱劈乱砍。那驿车夫握着拳头跟在他身后。沿街的人都跟在这两人后面，一面打，一面叫。满街的人都向山坡下的城市跑去。他还清楚地看到一个人从一家店门里出来，手里拿着一根拐杖。“散开！散开！”有人喊道，肯普突然明白，追逐的情况已经完全改变过来了。他气喘吁吁的，步子稍一放松，就听到后面迅速赶到的脚步声，于是他不敢懈怠，又向前跑去。“他就在附近，”他叫道，“排成一行，拦住……”

“啊哈！”一个嗓音喊道。

肯普还没弄清那声音的方向，就重重地挨了一耳光，火辣辣地痛。他挣扎着想站起来。可是紧接着下巴又挨了一下。他整个地被翻了过来，一个膝盖压在他的胸脯上，一双手飞快地扼住了他的喉咙，不过，他感觉得出其中一只手显得软弱无力，此时此刻，他也豁出去了，紧紧抓住对方两只手腕，听到自己的对手痛得大叫一声。这时，一个筑路工人赶过来，抡起铁锹在肯普的上空挥了一下，只听一声沉重的撞击声，铁锹打在一样东西上，随后是隐身人撕心裂肺的惨叫声，扼住他喉咙的手突然松开了。肯普拼命挣脱出来，抓住一条软弱无力的肩膀，顺势把自己的身体一翻，翻到了上面，他在靠近地面的地方抓住了那个看不见的肘弯。“我捉住他了！”肯普尖叫道，“快来帮忙！帮忙抓住他！他倒下去啦！抓住他的脚！”

顷刻间，人们蜂拥而上，冲向搏斗的地点。要是有一个陌生人经过这里，他谁会认为这里进行着一场特别野蛮的橄榄球赛哩。在肯普叫了一声以后，就没有人再叫过，只有拳打脚踢的声音和一个沉重的呼吸声了。

接着不知哪里来的力量，隐身人摆脱了两个对手，双膝着地想起来。肯普紧紧贴着他前面，像一只猎犬对付一头雄鹿。十几只手在隐身人身上乱抓乱打。驿车夫突然抓住了他的脖子和肩膀，把他向后硬拽回去。

这一堆搏斗的人群又倒下去在地上翻滚。我猜那时大概有人在野蛮地用脚猛踢。于是突然一阵疯狂的叫喊：“哎哟！哎哟！”这声音立刻低下去，变成窒息的声音了。

“闪开，你们这些傻瓜。”肯普含糊不清地叫道，那些结实的身体就猛地向后退去，“他受伤了，告诉你们，往后退！”

大家推挤着，紧张地围在周围。只见医生好像跪在离地面十五英寸的半空中，托起看不见的胳膊把它们放在地上去。在他身后有一个警察抓着两只看不见的脚腕子。

“别让他跑了！”那个魁梧的筑路工人握着那把血淋淋的铁锹，“他在装死呢。”

“他没装死，”医生一面小心地抬起膝盖来，“我会抓住他的。”肯普脸上受了伤，已经凝血红肿，并且由于嘴唇流血而口齿不清。他松开一只手，好像去摸隐身人的脸。“嘴上全都湿了。”他说，接着他又叫了一声，“天哪！”

他突然站了起来，然后又跪在隐身人身旁。大家推推搡搡，脚底下移来移去。一阵沉重的脚步声，新来的人又加入进来，挤得更加厉害了。人们现在往门口移动。快乐的板球手客栈的几扇门突然打开。人们面面相觑，不再说话。

肯普伸手去摸，他的手好像在空中摸了过去。“他停止呼吸了。”他说，接着又说，“我摸不到他的心跳。他的腰——呃！”

一个老太婆从那个魁梧的筑路工人的胳膊下张望，突然大惊小怪地叫了起来：“瞧这儿！”她说着伸出一只满是皱纹的手指着地上。大家顺着她指的方向看去，只见一只手的轮廓正在显现出来——那是一只柔软而透明的手，掌心向下。好像是用玻璃制成的，静脉和动脉，骨头和神经全都一目了然。它柔软而弯曲地垂着，大家眼睁睁地看着它变得朦胧而不透明了。

“喂！”警察叫道，“瞧这儿，他的脚也现出来了！”

于是从他的手脚开始，慢慢地沿着四肢延伸到身体主要部分，神奇地现出了整个有血有肉的躯体。不久大家就看见他那压伤了的胸膛、肩膀，还有那紧锁着的眉头，伤痕累累的脸。

最后，人们让肯普站直了身子。在地上可怜地躺着的，是一个赤身裸体，遍体鳞伤的大约三十岁的年轻人。他的头发和眉毛都是白色的——并非由于年龄的关系，而是因为他是个白化病人。他的眼睛像红宝石。他紧握着拳头，眼睛大睁，显示出一副又恼怒又沮丧的表情。

“把他的脸盖上！”一个人叫道，“看在上帝分上，把那张脸盖上！”

三个小孩刚刚挤进人群，突然转过身去，又匆忙离开了。有人从快乐的板球手客栈里拿来一块布，把他盖上以后，他们就把他抬进那房子里去了。

尾 声

隐身人那奇怪的罪恶的实验故事就这样结束了。要是你还想更多地了解一些关于他的事，那你必须到一家靠近斯多港的小旅馆去，跟那儿的店主聊一聊。那家小旅馆的招牌，除了画着一顶帽子和一双靴子以外，就是一块光板。旅馆的名称就是本书的书名。店主是一个身材矮小肥胖的人，鼻子像圆柱一样地突出，头发像铁丝一般坚韧，脸上有一块块红斑。喝足了黄汤以后，他就会滔滔不绝地告诉你在那以后他所遭遇的一切，还会告诉你那些律师是怎样打算“榨出”在他身上所发现的钱财的。

“他们发现那钱财以后，却不能证明这笔钱是谁的。我真运气，”他说，“要是他们不把我说成该死的珍宝收藏家就好了！我像一个宝藏吗？后来一位绅士每晚给我一个金币，要我在帝国音乐厅用我自己的话来讲这个故事——只有一件事不能讲。”

如果你想突然打断他那滔滔不绝谈论着的回忆，你只要问问他在这故事里有没有三本手稿就行了。他承认有，可是接着就连解释带声明地说大家都以为他手里有这几本手稿。可是，天哪！不在他手里。“隐身人在我溜到斯多湾的时候，就拿走藏起来了。都是那位肯普医生，是他使大家以为我有那几本手稿的。”

于是，他陷入沉思，但又狡猾地窥测你，神经过敏地把杯子弄来弄去，不久就离开了酒吧间。

他是一个单身汉——他喜欢的就是一辈子当光棍。屋里没有一个女人。表面上，他扣着扣子——他理应这样——但是在更要紧的隐秘部位，譬如他的背带，就仍旧用绳子。他经营他的旅馆，毫无进取心，可是很得体。他的动作很慢，而且是一个大思想家。可是在村子里，他因自己的聪明才智，并因颇为吝啬而享有盛誉。他关于英格兰南部交通的知识，比科贝特①还要熟悉。

而在星期日早晨，一年到头都一样，当他同外面世界隔绝的时候，还有每天晚上十点以后，他就带着一杯稍稍掺点水的杜松子酒走进酒吧，酒杯放下后就把门锁上，还检查一下窗帘，甚至还张望一下桌子底下。然后，当他确信只有自己一个人的时候，就打开小橱的锁。再打开里面一只盒子的锁，然后又打开盒子里一只抽屉的锁，拿出三本褐色皮面的笔记本——因为有一次掉到了水沟里，有几页的字迹已被污水洗掉了，那店主在扶手椅里坐下，一面慢慢地装满一只陶土制的长烟斗，一面贪婪地盯着这几本笔记。然后拿过一本，开始研究起来——来回翻着书页。

他皱着眉头，嘴唇痛苦地抽动着。“嗨，空中是一个小小的‘工’字形记号，一个叉号，还有一个乱七八糟的东西。天哪！他是一个

① 威廉·科贝特（1762—1835）：英国政治活动家，政治家，小资产阶级激进主义者，主张社会改良。

多么有才智的人啊！”

不久他就松懈下来，向后一靠，隔着他喷出的烟雾对那几本别人看不到的笔记本眨着眼睛。“充满了秘密，”他说，“神奇的秘密！”

要是我有一天能获得这些秘密——天哪！

我不会像他那样干，我只要——嗯，他抽了一口烟。

这样，他陷入了迷梦，关于他的生活的不朽的美梦。虽然肯普一直不停地探听寻找，可是除了这位店主以外，谁也不知道这几本笔记（连同笔记本中写着的有关隐身术的微妙的秘密以及其他一些神奇的秘密）就在这儿。直到店主死去以前，这些秘密是谁也不会知道的了。